고마운
당신을
만났습니다

고마운
당신을
만났습니다

김정한 지음

레몬북스
lemon books

"고마운 당신을 만났습니다."

오래도록 내 영혼에서만 춤추던 어휘들이 이렇게 또 빨강, 노랑, 주홍, 파랑의 색동옷을 입고 《고마운 당신을 만났습니다》로 태어났습니다.

부지런히 걷고 달렸지만 돌아보면 늘 뒷걸음만 친 것 같습니다.

흘러간 시간의 궤적 안에서 가까스로 움켜쥐고 내 주변을 서성이다가, 힘들 때마다 나를 토닥이며 용기를 주던 내 마음의 포스트잇 같은 글들을 담았습니다.

여전히 내 눈높이를 벗어나지 못했습니다.

아쉽지만 다시 어둑한 곳으로 떠납니다.

제 입에서 나온 실로 제 몸을 가두는 누에고치처럼 어둑한 골방에 나를 감금한 채 홀로 버티며 글을 써야 합니다.

글을 쓰는 것은 나의 인생이니까요.

몇 달일지, 몇 년일지 모르지만 익숙하게 길들여진 은둔의 성으로 갑니다.

나는 숨고 누구는 찾고, 나는 찾고 누구는 숨기를 반복하다

때로는 스스로의 덫에 걸려 온몸이 피투성이가 되겠지만,

서약의 언어보다 절박한 푸른 포옹을 찾아 스스로를 위무하며 갑니다.

그러나 설핏 이대로 끝까지 가면 서러운 눈물이 가슴 가득 찰 것 같습니다.

그럼에도 내가 끝까지 가는 이유는 나무여야 하기 때문입니다.

주렁주렁 꽃과 열매를 달고 있는 단단한 나무여야 하니까요.

《고마운 당신을 만났습니다》를 쓰면서 오랫동안 아팠고 오랫동안 떠돌았습니다.

걷다가 넘어지고 달리다가 쓰러졌습니다.

홀로 강가에서 오래도록 울었습니다.

어느 날 길 위에서 스승을 만났습니다.

토스트를 파는 새댁에게서 지혜를 얻었습니다.

복지원의 어린 친구에게서 웃는 법을 배웠습니다.

애벌레가 반드시 나비가 되기 위해 사는 것이 아니라는 것을,

내가 만난 스승들이 나에게 가르쳐 주었습니다.

내가 배운 용기를 가장 가난하고 가장 아픈 영혼에게 전합니다.

쓰러져 일어나지 못하는 그대에게 용기를 드립니다.

내 한 줄의 글이 그대 두 뺨에 흐르는 눈물을 닦아 준다면 참 좋겠습니다.

김정한

contents

#1. 참 고마운 당신을 만났습니다

#2. 모든 것은 다 지나간다

#1. 참 고마운 당신을 만났습니다

그 사람을 가졌는가
만 리 길 나서는 길
처자를 내맡기며
맘 놓고 갈만한 사람
그 사람을 그대는 가졌는가

온 세상 다 나를 버려
마음이 외로울 때에도
'저 맘이야' 하고 믿어지는
그 사람을 그대는 가졌는가

탔던 배 꺼지는 시간
구명대 서로 사양하며
'너만은 제발 살아다오' 할
그 사람을 그대는 가졌는가

불의의 사형장에서
'다 죽여도 너희 세상 빛을 위해
저만은 살려두거라' 일러줄
그 사람을 그대는 가졌는가

잊지 못할 이 세상을 놓고 떠나려 할 때
'저 하나 있으니' 하며
빙긋이 웃고 눈을 감을
그 사람을 그대는 가졌는가

온 세상의 찬성보다도
'아니' 하고 가만히 머리 흔들 그 한 얼굴 생각에
알뜰한 유혹을 물리치게 되는
그 사람을 그대는 가졌는가

— 함석헌(시인, 사상가)

참
고마운
당신을
만났습니다

오랜만에 TV를 켜니 〈내 영혼의 밥상〉이라는 프로그램이 막 시작하고 있었다. 우선 '내 영혼의 밥상'이란 제목부터가 어릴 적에 먹던 따뜻한 엄마의 밥상을 생각나게 했다. 채널을 고정하고 몰입해서 보았다. 소위 잘나가는 연예인들이 어릴 적에 먹던 도시락에 대한 추억담을 얘기하고 있었다. 어린 시절 미군부대에 관리직으로 근무하던 아버지 덕분에 그 시절 귀한 소시지를 먹을 수 있었던 한 연예인은 양은도시락을 매일같이 4개씩 싸야 했던 어머니의 헌신을 떠올렸다. 순탄치 않은 어린 시절을 보내야 했던 연예인은 자르다가 만 김밥을 보면서, 이발소로 생계를 꾸려나가며 어떻게든 자식을 잘 키우고자 했던 아버지를 추억했다. 나 역시 음식을 보면 어머니가 떠오른다. 대식구 간식을 챙겨주기 위해 튀밥을 튀기고 찹쌀을 빻아 반죽을 해서 동그랗게 만들었다. 연탄불에다가 중국팬을 올려놓고, 동그란 반죽을 튀겨내어 조청에 묻혔다. 그것이 어머니표 유과였다. 소시지든, 김밥이든, 유과든 모양이 예쁘지 않아도 어릴 적 음식은 누구에게나 애틋한 사연이 담겨 있는 특별한 힐링 푸드다.

그 당시에는 늘 먹던 음식이라 귀한 줄 몰랐다. 오히려 엄마가 해준 음식보다 더 특별헤 보이는 음식에 눈길이 갔고, 철없는 어린 마음에 좋아하는 음식을 마음껏 먹지 못하는 게 야속하기도 했다. 그러나 시간이 지나고, 예전과 달리 먹을 것은 풍성해졌는데 정작 마음속 허기는 쉽게 채워지지 않는다. 대문만 나가면 얼마든지 피자, 치킨, 햄버거를 사 먹을 수 있을 만큼 풍요로워졌다. 그러나 나이가 들수록 엄마가 해준 집밥이 간절하다. 수십여 년 전만 해도 대다수 가정의 평범한 일상에 불과했던 식사는 새로운 힐링 푸드가 되었다. 집밥이 그리운 세상이 되었다. 문명이 고도로 발달한다고 한들, 기계가 인간의 정을 대신할 수 없다. 바쁜 하루, 간편하게 먹을 수 있는 인스턴트에 한동안 열광했지만 어느덧 음식을 통해 어릴 적 행복했던 추억 속의 가족에게로 회귀를 꿈꾸고 있다. 엄마가 정성껏 만들어준 음식을 먹으면 영혼까지 웃으니까. 어쩌면 가족과 함께할 수 있어서 행복했던 추억과의 소통을 그리워하는지도 모른다. 아니, 수없이 말을 쏟아 내며 웃고 울었던 날들이 지독하게 그리운 거다. 이 나이에도 이른 새벽에 잠든 자식이 잠을 깰까봐 방문을 살짝 열고 들어와 방바닥이 차가운지 이불 속에 손을 넣어 보시고 이마에 손을 얹어 기도하시던 어머니의 모습이 생생하니까. 또 심한 감기 몸살로 아파서 누워 있는 나의 손에 호두와 곶감을 살포시 쥐여 주시던 아버지의 묵직한 손길도 잊을 수가 없다.

소통의 부재를 느끼는 시대에 살고 있다. 가족도 예외는 아니다. 가족 간에 막힌 대화의 벽을 허물려면 배려와 소통이 필요하다. 그러려면 자주 부딪치며 스킨십을 해야 한다. 상대의 입장을 생각하는 한마디가 얽혔던 관계를 풀어 주기도 한다. 상대를 세워 주는 칭찬하는 습관을 갖기 위해 평소 비하하는 어투나 무관심 등을 버리고 사랑의 말투와 눈빛, 치켜세워 주는 마음을 가져야 한다. 칭찬은 고래도 춤추게 한다는 말이 있지 않은가. 혼자 사는 것이 보편화된 세상이지만 그래도 외롭지 않은 것은 추억 때문이다. 추억은 힘들고 아플 때 나를 지탱해 주는 지지대 역할을 한다. 그것이 지난 추억의 힘이다. 시인 로버트 프로스트도 '가지 않은 길'을 이렇게 매듭지었다. "오랜 세월이 지난 후 어디에선가 나는 한숨지으며 이야기할 것이다. 숲 속에 두 갈래 길이 있었고 나는 사람들이 적게 간 길을 택했다고. 그리고 그것이 내 모든 것을 바꾸어 놓았다."

인생을 아무리 잘 살았어도 돌아보면 후회와 미련이 남는다. 적게 후회하고 미련을 적게 남기려면 아낌없이 사랑하고 칭찬하자. 남편의 칭찬이 아내를 아름답게 하고 아내의 칭찬이 남편의 자존감을 높여 준다. 부모의 칭찬이 자녀에게 자신감을 안겨 준다. 미소, 부드러운 손길, 스킨십, 작은 선물 등도 훌륭한 칭찬이 될 수 있다. "미안해요, 고마워요, 사랑해요."라는 말에 익숙해지자. 특히 "사랑해요"란 말은 수백 번 해도 지나치지 않는다. 소중한 가족에게는.

가족에게 진심을 고백하자.

또렷한 목소리로 또박또박 감사하자.

낳아서 이만큼 길러 주셔서 고맙다고 솔직하게 표현하자.

망설이고 기다리다가 기회는 달아난다.

사랑한다고 말하자.

부모에 대한 사랑은 기다려 주지 않는다.

매일매일 성장하는 동안 부모는 죽음을 준비하고 있다.

당장, 실천하자.

머리끝부터 새끼발가락까지 따뜻해진다.

나에게
주는
선물

TV 프로그램 〈복면가왕〉에 출연한 어린 가수가 이런 말을 했다. 가면을 쓰고 치마를 입고 노래를 부르는 것이 자신에게 줄 수 있는 최고의 선물이라고. 열심히 살아온 자신에게 선물하고 싶어 출연했다고 말했다. 또 다른 누군가는 팔십 평생을 유명 정치인의 아내로만 살다가 노부부의 금혼식에 맞춰 전시회를 열게 되었다고 말했다. 그것도 나를 위한 선물이라 하니 나도 모르게 코끝이 찡하고 정신이 번쩍 들었다. 과연 나는 나를 칭찬하고 용기를 주고 위로하기 위해 나에게 선물한 적이 있던가? 그동안 가족을 포함한 고마운 사람에게는 선물을 하면서도 정작 나에게 선물한 적이 없었다. 지금까지 누군가에게 책임과 의무를 다하기 위해 선물을 주면서 살았다. 받는 것보다 늘 주는 것에 익숙해 있었다. 물론 일에 지치고 사람에 시달려 홧김에 내 것을 샀던 기억은 있지만 나에게 주는 선물이라는 꼬리표로 무엇을 산 적은 없었으니까. 어쩌다가 가족들 물건에 끼워서 샀다. 그것도 할인 매대에서 50% 세일하는 걸로. 그렇게 습관처럼 길들여져 있었다. 반평생을 살면서 단 한 번도 나를 축하하기 위해 나에게 선물을 준 적이 없었으니까. 하다못해 장미꽃 한 송이도 온전히 나를 위해 준 적이 없으니까. 선물이라는 것은 누군가에게 주어야 하고 나는 누군가에게 받아야 하는 걸로만 생각했으니까. 생각해 보면 참 서글픈 인생이라는 느낌이 들었다. 내가 교사로 첫출발을 했을 때도 스스로를 축하해 보지 못했고, 직장을 그만두고 나왔을 때도 진심으로 위로해 본 적이 없었으며, 작가의 길로 들어서면서도 나에게 따뜻한 격려를 보내지 못했다. 무엇이 나를 다람쥐 쳇바퀴 돌듯 쉼 없이 달리게 했을까. 그렇다고 대단한 그 무엇도 손에 쥐지 못했는데…….

　　안타깝게도 이번 생일에는 나는 아무에게, 아무것도 받지 못했다. '생일 축하해'라는 문자 메시지도 생일이 한참 지난 뒤에나 받았다. 그것이 나를 슬프게 했고 심지어 잘못 살아왔다는 느낌마저 들게 했다. 그렇다고 꼭 받아야 할 선물을 못 받아 어린애처럼 울 수도 없지만 밀려드는 서운함은 이루 말할 수 없었다. 결국 깊은 후회가 나를 돌아보게 만들었다. 가장 축하해 주고 위로해 주고 칭찬해 주어야 할 첫 번째 누군가는 '자신'이다. 영어로 선물 'Present'는 현재라는 뜻도 있다. 지금 여기, 오늘은 가장 확실한 내 것이고 가장 소중한 선물을 할 '누군가'도 나여야 한다. 오늘 선물하지 않으면 선물할 기회를 놓칠 수도 있다. 왜? 내일은 없을 수도 있으니까. 지금까지 나는 나에게만은 늘 내일, 내일 하며 미뤘다. 나를 위한 물품을 사는 것도 맨 마지막이었다. 지금부터는 안 그럴 거다. 나 먼저, 내 것 먼저 챙길 거다. 똑같은 후회를 두 번 하지 않기 위해서. 잘못 살았던 어제의 그늘을 오늘로 끌어당겨, 내일을 망치고 싶지 않으니까. 어제는 후회했지만 오늘 제대로 살아 환한 내일을 맞이하고 싶으니까. 앞으로 나에게 주는 선물은 한 끼의 식사든,

한 켤레의 구두든 그 누구에게 주는 선물보다 값진 선물을 할 것이다.

나는 아직 젊고 여전히 챙겨야 할 선물이 많다. 물론 앞으로도 그들에게 마음을 담아 정성껏 선물을 준비할 것이다. 다만 우선순위를 나에게 맞춘다는 것이다. 누구에게 선물을 하든 내가 기뻐할 수 있어야 한다. 내 분수에 넘쳐 너무 부담스럽거나 선물하고 나서 후회하거나 스트레스를 받는다면 정직하지 못한 선물이 된다. 앞으로 그런 선물은 하지 않을 것이다. 내가 기뻐하면서 살아가는 것만큼 큰 행복은 없다. 나를 칭찬하며 위로하는 선물을 오늘부터 실천하련다. 지금까지 선물 한 번 주지 못한 나에게 잘 살아 줘서 수고했다는 말과 함께 선물을 하련다. 비록 수십만 원짜리 운동화, 향수가 아니어도 괜찮다. 내가 좋아하는 메밀국수와 아메리카노 한잔에 마카롱이면 충분하다. 내 마음이 이끄는 곳을 찾아 진심으로 나를 축하하며 즐겁게 시간을 보내련다. 작지만 행복한 사치를 누리련다. 열심히 달려온 나에게 선물하련다. 이 세상에서 가장 소중한 나를 위해 보상하련다. 기꺼이.

"너는 고독 속에서 부드러운 마음으로 에고이스트처럼 나를 사랑할 수 있어?"
— 알베르 카뮈

사유의
의자

강변을 산책하다 집으로 오면서 이사 간 집 안에 버려진 나무의자가 시선을 사로잡았다. 곳곳에 홈이 파이고 상처가 나고, 오래 사용한 흔적이 남은 만큼 닳고 닳았다. 엉덩이를 걸치고 앉아 보니 내 것인 양 착 달라붙었다. 참 정겨워 선뜻 작은 방 구석에다 모서 두었다. 그리고 지금껏 작은 몸을 깊숙이 파묻었던 속 깊은 '가죽의자'를 보내 버렸다. 이제는 더 이상 나에게 필요치 않아 미련 없이 떠나보냈다. 새로 가족이 된 나무의자는 투박한 통나무에 네 개의 다리를 튼튼하게 끼워 맞춘 모양새가 너무 정직하게 느껴졌다. 무언가를 골똘히 생각하며 퍼즐을 맞추듯 정확한 것을 도출해 내야 할 때에는 소파보다 이 딱딱한 의자에 앉아 사유의 시간을 갖는다. 그래서 난 이 의자를 '사유의 의자'로 이름 붙였다. 커피를 마시며 한 시간을 앉아 있기도 하고 책을 읽으며 앉아 있기도 한다. 처음 앉았을 때에도 편했지만 여전히 편안함을 나에게 선물하기에 '사유의 의자'는 소중한 인연으로 자리 잡고 있다. 좋은 인연을 만나는 것도 축복이고 선물이다. 인연이 꼭 사람만은 아니다. 수많은 책과 만나는 것도, 다양한 문화·역사와 만나는 것도 '사유의 의자'처럼 물건과도 인연을 맺는다.

법징스님은 인연에 대해 이런 말을 남겼다. "함부로 인연을 맺지 마

라. 진정한 인연과 스쳐가는 인연은 구분해서 맺어야 한다. 진정한 인연이라면 최선을 다해서 좋은 인연을 맺도록 노력하고, 스쳐가는 인연이라면 무심코 지나쳐 버려야 한다." 나는 어떤가. 잡을 것과 놓을 것을 선택하는 데 얼마나 망설이고 주저하는가. 좋은 것과 싫은 것, 이익이 되고 해가 되는, 아름다움과 추함을 저울질하며 '상대적 모순'에 빠지지 않는가. 선택 후에 오는 만족과 후회를 경험하게 된다. 이 상대적 모순을 뛰어넘으려면 매 순간 상대적 모순의 밑바닥에 있는 절대적 모순을 넘으려는 노력과 인내심이 필요하다. 좋은 인연이란 나에게 꼭 필요한 인연이다. 나에게 필요치 않지만 누군가에게는 꼭 필요한 인연이 있다. 마치 나를 찾아와 나의 인연으로 살아가는 '사유의 의자'처럼 말이다. 나에게 필요한 인연이 아니라면 있어도 그만, 없어도 그만인 인연들은 놓아주는 것이 좋다. 가을 나무가 나뭇잎을 빠짐없이 다 털어내듯 여름 매미가 허물을 벗듯, 털어내고 벗어던져야 홀가분하게 새로운 무엇을 채울 수가 있다. 다 비우고 한곳에서 자리를 지켜야 한다. 조금 어려움이 있다고 피하려 하거나 포기하면 다음의 가능성은 사라진다. 마치 나무가 아무리 추운 겨울에도 움직이지 않고 제자리를 지켜 내야 파릇하게 잎을 달고 노란 꽃을 피울 수 있듯. 인연도 떠나보내고 털어내야 새로운 인연과 마주하게 된다. 나에게 꼭 필요한 인연을 만나게 된다. 떠나보낸 '가죽의자'와 새로 만난 '사유의 의자'처럼.

하얀 뭉게구름 사이로 보이는 코발트색의 여백

하늘 풍경화의 멋이다.

뉘엿뉘엿 지는 해

어둑어둑 깊어가는 밤

마구 뒤섞인 가을 풍경을 보았다.

아름다운 혼돈이라 쓰고 그리움이라 읽는다.

사유의 의자에 앉아 인연을 생각한다.

아버지
살아생전에

오래전 방송과 인터넷을 떠들썩하게 했던 아버지에 대한 이야기가 있다. 시골 아버지가 대학생 아들에게 꼬박꼬박 부치던 용돈을 끊었다. 아들이 전보를 쳤다. '당신 아들, 굶어 죽음.' 아버지는 이런 답장을 보냈다. '그래, 굶어 죽어라.' 화가 난 아들은 연락을 두절한 채 이를 악물고 노력했다. 세월이 흐른 다음에야 아들은 아버지의 전보가 인생의 전환점이 되었다는 것을 깨달았다. 서둘러 고향집을 찾았으나 이미 아버지는 세상을 떠났고 유서 한 장이 남아 있었다. '아들아, 너를 기다리다 먼저 간다. 네가 소식을 끊은 뒤 하루도 고통스럽지 않은 날이 없었다. 언제나 너를 사랑했다.'

위의 이야기에서도 볼 수 있듯이 부모는 무조건 주어야 할 의무가 있고 자식은 무조건 받아야 할 권리가 있다고 생각한다. 특히 아버지의 사랑은 잘 드러나지 않는다. 속이 깊기 때문이다. 사랑한다는 표현도 애틋하게 하는 경우가 드물다. 대놓고 걱정하거나 슬퍼할 수도 없다. 자식이 태어나서 죽을 때까지 한없이 '품어주는 사랑'이 어머니의 사랑이라 한다면, 적당한 나이가 되었을 때 스스로를 독립할 수 있게 치열한 세상 속으로 '던지는 사랑'이 아버지의 사랑이다. 내 경우 를 보아도 어머니는 늘 주의 깊은 행동을 강조하셨다. '차 조심해라, 사람 조심해라…….' 그러나 아버지는 늘 도전하는 삶을 원하셨다. '자, 한번 해봐라. 실패하더라도 네가 결정한 것에는 후회하지 마라.'

나에게 아버지는 모든 것의 시작이고 끝이었다. 늘 아버지는 돈이 없으면 세상과 멀어진다며 돈 걱정하지 않을 만큼 용돈을 넉넉하게 주셨고, 여자이기 때문에 예쁘게 살아야 된다며 비싼 옷도 자주 사 주셨다. 평범한 월급쟁이 공무원의 딸이었지만 분에 넘칠 만큼 많은 것을 누리며 자랐다. 그때만 해도 세상 모든 아버지는 딸을 위해 그렇게 하는 줄 알았다. 언젠가 만취한 아버지가 객지생활을 시작하는 내 손을 꼭 잡고 하신 말씀을 기억한다. "무슨 일이 있어도 자신을 믿어라, 그리고 정직하게 열심히 살아라." 어릴 적 기억에 내 아버지는 억울한 일을 당해도 묵묵히 참아내다 보니 늘 상처를 안고 사셨다. 때로는 스스로 비굴할 정도로 몸을 낮추면서 가족을 생각하며 버티셨고 사는 것이 힘들어 술에 취해 퇴근하시는 날에는 갈대처럼 휘청거렸다. 내 기억 속에는 아버지의 웃는 얼굴이 저장되어 있지 않다. 아버지는 웃을 일이 별로 없었던 분이셨다. 가난한 집안의 둘째 아들로 태어나 열다섯 살에 가계를 책임지는 가장이 되었기 때문이다. 위로 형과 동생을 돌봐야 하는 무거운 책임이 아버지의 어깨를 짓누르고 있었다. 그래서 아버지는 자식들에게 애틋하게 애정 표현을 할 여유가 없었던 것이다.

김현승 시인은 '아버지의 마음'에서 이렇게 표현했다. "아버지의 눈에는 눈물이 보이지 않으나 아버지가 마시는 술에는 항상 보이지 않는 눈물이 절반이다. 아버지는 가장 외로운 사람이다." 한 방송 프로그램에서 어떤 아버지가 되고 싶느냐는 질문에 "부자 아버지, 잘난 아버지는 못되어도 좋은 아버지가 되고 싶다"고 말한 30대 평범한 아버지의 인터뷰가 코끝을 찡하게 한다. 아침, 저녁을 한 가족이 식탁에 오순도순 둘러앉아 밥을 먹고 하루를 시작하며 마감하는 것이 가장 평범하면서도 최고의 행복인데, 그 평범한 일상을 보내기 힘든 세상에 살고 있다는 사실이 서글프기만 하다. 저녁이 기다려지는 삶, 가족과 오순도순 모여 보글보글 엄마가 끓여주신 된장찌개를 먹으며 아버지의 미소를, 어머니의 토닥임을 마주하는 그런 따뜻한 날이 누구에게나 그리울 것이다.

자식의 미래는 부모이다. 아버지는 아들의 미래이고 어머니는 딸의 미래를 보는 것이다. 나의 아버지는 너무 일찍 돌아가셨지만, 어쩌면 그 때문에 내가 세상을 알아가게 되었고 늦었지만 철든 어른이 되었다. 사랑하는 누군가를 잃는다는 것은 삶이 우리에게 던져 주는 가장 무거운 숙제다. 그 사실을 깨닫는 순간 모든 것은 멈추게 되니까. 매일같이 들렸던 익숙한 목소리를 들을 수가 없고 늘 보였던 모든 것들이 삭제 버튼 누른 듯 한꺼번에 사라졌다. 마음속 깊은 곳의 아림, 그리고 진하게 번지는 눈물, 다시 볼 수 없다는 그 이유 하나만으로도 충격은 컸다. 아쉬움, 미련, 후회가 모두 내게로 온다. 그리고 어느 순간 그렇게 믿는다. 내가 사랑하는 아버지는 여전히 내 곁에 있다고.

　　나의 부모님만큼은 절대로 죽지 않을 것이라는 어릴 적 믿음이 깨졌다는 것보다 부모와의 이별을 준비해야 한다는 것은 나에게 아픔이다. 오래전부터 돈벌이와 출세의 기준은 성공한 아버지이고 지금도 그렇지만, 부모와 자식은 사랑하는 관계이다. 가끔 갈등이 생기기도 한다. 서로의 고집 때문에 가장 가까운 사람을 힘들게 하는 것도 가족이다. 별 이유도 없이 부모의 속을 긁어놓는 자식, 자식의 능력에 비해 너무 많은 것을 바라는 부모, 이것은 사랑의 기술이 부족하기 때문이다. 하지만 언제고 망설임 없이 대신 죽어줄 수 있는 관계가 부모와 자식이다. 좋은 아버지는 어떤 사람일까? 나에게 묻는다면 돌아가신 나의 아버지 같은 사람이라고 대답할 것이다. 다시 태어나도 아버지의 딸로 태어나고 싶은 마음이니까.

아버지

제 삶이 많이 외롭고 많이 슬프고 많이 아플지라도

아버지의 삶처럼 힘들겠습니까?

삶과 죽음의 끝을 수없이 오가다 보니

지독하게 싫었던 순간도 그래서 외면하고 싶은 일들도

이제는 이해가 되고 용서가 됩니다.

아무리 힘들어도 지나온 시간만큼 힘들겠습니까?

아무리 아파도 지나온 시간만큼 울고 싶겠습니까?

아무리 죽고 싶어도 지나온 시간만큼 죽고 싶겠습니까?

아무리 아프다지만 준비 없이 찾아온 당신과의 이별만큼 아프겠습니까?

한 번쯤 어미 품을 파고드는 강아지처럼

당신의 넓은 품에 안기고 싶습니다.

넉넉한 그 품에 안겨 실컷 울고 싶습니다.

오늘처럼 기대어 울 곳이 없다는 생각이 드는 날에는.

부르기만 해도
가슴이 먹먹해지는
그 이름
어머니

매서운 한파가 며칠 째 계속되던 날, 글이 쓰이지 않아 발길 닿는 대로 걷다가 남대문시장 앞에 멈췄다. 추운 기온에도 시장 길거리에서 장사를 하는 상인도 있었고, 경기가 안 좋은 탓인지 일찌감치 가게 문을 닫은 곳도 많았다. 어린 시절 어머니 손을 붙잡고 시장에 자주 간 기억이 있다. 아마도 나이가 들어감에 따라 어린 시절이 그리운 탓이리라. 나에게는 장터의 기억이 그립다. 오랜 시간이 흐른 지금도 흑백사진을 보는 듯 가슴속에 남아 있다. 어렴풋이 남아 있는 이곳저곳의 풍경이 하나둘씩 떠오른다. 장날마다 허름한 선술집에서 해장국과 막걸리 한잔을 마시며 기분 좋아하던 시장 사람들, 그런 모습이 싫어 옆에서 잔소리하며 못마땅하게 여기는 동네 상인들, 곳곳에서 아는 분을 만나면 따뜻한 얘기 주고받으며 한참을 서 계시던 어머니의 모습, 생선가게, 옷가게, 채소가게, 화장품 노점의 그 작은 일상들을 잊을 수가 없다.

부르기만 해도 가슴이 먹먹해지는 그 이름, 가장 가까우면서도 가장 미안한 그 이름. 세상에서 가장 따뜻한 단어는 '어머니'라는 보통명사일 것이다. 어머니는 치아가 좋지 않아 국수를 좋아하셨다. 한참을 걷다가 추위를 녹여줄 따뜻한 국물이 생각나서 칼국수 집 간판을 보고 들어갔다. 처음

본 주인 할머니의 모습에서 내 어머니의 얼굴이 투영된다. 2007년이지만 칼국수 집 안의 풍경은 1980년대 시골 풍경을 그대로 옮겨 놓았다. 연탄난로 위의 양은 주전자에서 모락모락 피어나는 보리차 내음이 코끝을 자극했다. 한 발 밖으로 나가면 익숙한 원두커피가 코끝을 자극하지만 어렸을 적에 즐겨 마시던 구수한 보리차 내음이 오늘은 편안했다. 조금 후에 따끈한 칼국수가 나왔다. 보기만 해도 온몸이 녹아내리는 듯했다. 칼국수를 보는 순간 집에 계시는 어머니 얼굴이 떠올랐다. 장터에 갈 때마다 칼국수를 사주시던 어머니, 난 칼국수를 별로 좋아하지 않았다. 그때는 어머니가 왜 칼국수를 드시는지 잘 몰랐다. 시간이 흐를수록 내가 어머니를 닮아간다는 것을 느낀다. 이제는 스파게티보다도 칼국수가 좋고 안심스테이크보다도 생선점이 좋다. 이제 나도 나이가 들어가나 보다. 4천 원을 주고 구수한 칼국수를 시켰지만 어머니 생각에 넘어가지 않았다. 오래전 시장 안에서 어머니와 함께 먹었던 칼국수는 참 맛있던 기억이 나는데 혼자 먹으려 하니 넘어가지도 않고 맛있지도 않았다. 생선가게에 들러 어머니가 좋아하시는 생태 한 마리를 샀다. 혼자 쓸쓸히 계실 어머니를 위해 생태 국이라도 끓여 드시게 하고 싶어서이다. 차마 칼국수를 먹고 왔다고 말을 할 수가 없었다. 어머니를 모시고 가서 칼국수를 같이 먹었어야 했는데 칼국수 먹으려고 장터에 들렀던 것이 아니어서 이래저래 마음만 무거웠다. 나는 효녀가 아니다. 여전히 어머니의 마음 하나 제대로 읽지 못하는 자식이다. 아낌없이 주고도 더 줄 것이 없다는 것에 한없이 미안해하시는 내 어머니의 마음은 하늘처럼 높고 바다처럼 깊다.

그러고 보니 여태껏 자식 노릇 제대로 하지 못하면서 어머니의 도움이 필요할 때에는 "나도 자식이에요" 하며 울면서 매달렸고 나의 도움이 필요한 어머니에게 "나만 자식인가요?"를 외치며 산 것 같아 마음이 아프다. 최근 들어 어머니가 많이 늙으셨다. 그게 다 나 때문인 것 같아 죄스럽다.

오늘 눈이 많이 내렸다. 어머니는 병원에 가신다며 외출 준비를 하신다. 오랜만에 쉬는 딸 몰래 다녀오시려고 조심스레 준비를 하시는 어머니. 눈길에 넘어지시기라도 하면 더 큰일이라고 생각하여 따라 나섰다. 나는 어머니가 진료 받으시는 것도 지켜보고, 약국에 가서 처방전으로 약도 샀다. 겨우 그 정도 했는데 어머니는 너무 좋아하신다. 돌아가신 후에 후회하지 말고 살아계실 때 잘해드리라는 직장동료의 이야기를 들으면서도 건성으로 "그래야지요" 했다. 그런데 이젠 내가 중년이 되었으니 어머니에게 효도할 시간이 그리 많지 않다는 것이 느껴진다. 어쩌면 촛불처럼 온몸을 다 태우면서 자식들을 보살피는 마음이 부모님의 사랑일 것이다. 늘 바쁘고 살기 힘들다는 핑계로 어머니와 밥을 같이 먹은 지도 오래되었다. 살면서 가장 그리운 것은 무엇일까? 많은 사람들이 어머니가 손수 지어 주신 밥이라고 할 것이다. 나 역시 기쁘거나 슬픈 일이 생길 때에는 어머니가 가장 먼저 떠오르고 밥을 먹을 때마다 어머니가 만들어주신 밥상이 그립다. 학생일 때에는 내 밥먹고 가기 바빠 어머니 밥 드셨냐는 말 한번 제대로 못했고, 직장을 잡아 사회인이 되었을 때에는 시간이 없다는 핑계로 제대로 챙겨드리지 못했다. 이제 글 쓰는 사람 자리에 앉아 보니 지난 시간들이 후회가 된다. 늘 자식이 먹고 난 상을 뒷정리하듯이 자식이 남긴 밥과 반찬을 드셨던 어머니께 많이 미안함을, 그리고 많이 죄스럽다는 것을……. 큰 산이라 생각했던 아버지가 떠나서야, 당신이 얼마나 외로운 삶을 사셨는지 이제 알 것 같다.

어머니의 눈물을 닦을 수 있는 사람은 어머니를 울게 한 아들이다.

― 중국 속담

감동을 주는
선물은
무엇일까

얼마 전 영국 신문 〈리버풀 에코〉는 영국 남성 '칼'이 결혼 10주년을 맞아 아내 '로라 길버슨'을 위해 준비한 감동적인 선물을 소개했다. 칼은 다발성 경화증으로 투병 중인 아내를 위해 결혼 10주년 서프라이즈 이벤트를 하고 싶었다. 칼은 이를 친구 스테파니에게 의논했고 스테파니는 리버풀 미디어 아카데미 학생들에게 도움을 요청했다. 칼과 리버풀 미디어 아카데미 학생들은 함께 '로라'를 위한 선물을 준비하게 되었다. 칼은 휠체어에 탄 아내를 쇼핑단지 '리버풀원'에 데리고 간다. 칼과 로라가 도착하자 갑자기 낯선 남성이 등장해 로라에게 장미꽃을 건넨다. 그리고 그 순간 흰 티를 입고 앉아 있던 수십 명이 피아노 반주에 맞춰 노래를 부르기 시작한다. 오직 로라만을 위한 플래시몹인 것. 아름다운 장면은 그곳에 있던 모든 사람들에게 박수를 받았고 플래시몹이 끝나고 난 뒤에는 모든 사람들이 함께 눈물을 흘렸다. 그들이 부른 노래는 브루노 마스의 'Just the way you are'로 사랑이 듬뿍 담긴 가사였다. 다음의 내용은 해당 노래의 가사 일부이다.

"오 그녀의 눈, 그녀의 눈은 별들이 빛나지 않는 것처럼 보이게 하죠. 그녀의 머리카락은 완벽하게 흘러내려요. 그녀는 항상 '나 괜찮아?'라고 묻죠. 나는 이렇게 말해요. 네 얼굴을 볼 때면 바꾸고 싶은 게 하나도 없어. 네 모습 그대로도 놀라우니까. 네가 웃으면 세상이 멈추고 빤히 쳐다보게 돼. 혹시 네가 만약 완벽함을 찾고 있다면, 그냥 그대로 있으면 돼."

학창 시절에 즐겨 읽은 오 헨리의 단편 〈크리스마스 선물〉에 나오는 노부부의 이야기도 따뜻한 감동을 주며 우리에게 던지는 메시지가 강렬하다. 지독하게 가난한 가정의 한 아내가 아름답고 소중한 긴 머리카락을 팔아 남편의 크리스마스 선물을 샀는데, 바로 남편의 금시계에 장식할 금시계 줄이다. 남편은 아내의 아름다운 머리카락을 위해 대대로 물려받은 그 소중한 금시계를 팔아 보석이 박힌 빗을 크리스마스 선물로 준비했다. 그런데 각각의 선물에 장식할 금시계와 긴 머리카락이 사라져 버렸고 모순된 사건이 돌연 밝혀지며 뒤집어지는 순간, 이 아이러니한 상황 아래 공허감으로 당황하지만 가장 소중하고 귀한 선물, 그리고 참된 사랑의 가치를 돌아보게 한다. '진정한 선물, 진정한 사랑은 무엇인가'에 대한 마음속 깊은 곳에서 울려 나오는 질문을 통하여 우리에게 통찰과 깨달음을 얻게 만든다.

어릴 적 나에게도 꿈을 키우는 희망의 선물을 아버지에게 받은 적이 있다. 초등학교 3학년 때 문예백일장에서 금상을 타고 집에 왔을 때 내가 그토록 사달라고 졸라대던 종이인형 수십 장이 상자에 가득 들어 있었다. 상을 탄 데 대한 아버지의 선물이었다. 아버지는 좋은 성적표나 상을 타올 때마다 충분한 보상을 해주며 공부를 하게 만들었고, 나는 나대로 내가 좋아하는 취미를 즐기면서 꿈을 키워갔던 것이다. 인형 그림을 얼마나 갖고 싶었으면 그 어린 나이에도 시험 보기 전에는 항상 날밤을 샜을까. 어쩌면 종이인형을 많이 모으기 위해 열심히 공부했는지도 모른다. 40년 전만 해도 가위로 그림을 하나하나 오려 종이인형에 옷을 입히고 이름을 지어 인형과 대화하며 노는 것이 최고의 유행이었다. 나는 용돈만 생기면 종이인형을 사러 문방구에 갔고, 심지어 다른 곳으로 이사를 할 때면 가장 먼저 인형 상자를 챙겼을 정도로 인형에 대한 집착과 애정이 깊었다. 아마도 고등학교 입학할 때까지는 수시로 꺼내 보았을 테니까. 소녀시절의 유희일지 모르나 그것이 작가로 살게 만든 든든한 밑그림이 아닌가 싶다. 새로운 인형이 나올 때마다 그것을 사기 위해 공부를 했고 성적의 결과만큼 아버지는 용돈을 엄마 몰래 주셨다. 하나 둘 새로운 인형 그림을 상자 속에 모으면서 나는 만화를 그리고 글을 쓰겠다는 미래의 꿈도 상자 속에 채웠을 것이다. 물론 고등학교를 졸업하고 객지로 유학을 하면서 분실했지만 마음속에는 여전히 남아 있다. 아마도 찾을 수만 있다면 10배, 100배의 돈을 지불한다 해도 찾고 싶은 마음이 들 만큼 여전히 애착이 가고 그립다. 나에게는.

생후 2개월 후 뇌사 상태에 빠진 아기가 신장 기증을 통해 6년간 만성 콩팥병으로 투석 생활을 해온 미혼 여성에게 새 삶을 선물했다. 그런 뉴스 속의 숭고한 선물도 가치 있는 선물이고, 투병 중인 아내를 위해 결혼 10주년 서프라이즈 이벤트도, 책 속의 가난한 노부부가 주고받는 크리스마스 선물도, 아버지가 나에게 선물한 종이인형도 나름대로 잔잔한 울림을 주는 선물이다. 오래전 리처드 버튼이 엘리자베스 테일러에게 준 69.42 캐럿의 다이아몬드로 세상을 떠들썩하게 했던 선물이나, 오나시스가 재키 케네디에게 결혼 선물로 준 스콜피오스 섬보다 못하다고 할 수 없다. 미리 가닿고 싶지만 들춰보면 안 되는 상대방의 마음을 먼발치에서 상상하며 준비하는 마음은 그 자체로 보물이다. 선물은 단순히 지갑에서 나오는 것이 아니라 마음에서 우러나올 때, 주는 사람이나 받는 사람이나 가치가 있다. 선물은 서로를 향해 사랑과 애정을 담아 나와 당신은 연결되어 있다는 마음의 표현이다. 감사, 고마움, 애정, 존경의 뜻을 담아서, 주는 이와 받는 이가 기쁨을 공유하는 것이다. 비록 물질적 가치가 대단치 않은 손 글씨로 '사랑해'라고 꾹꾹 눌러쓰고, 포장지로 만든 장미꽃이라 하더라도 사랑하는 사람의 '선물'이라는 이름을 달면 감동의 울림은 대단하다. 선물을 주고받는 것은 개개인에겐 행복한 느낌을 공유하는 것이고 사회적으로는 커다란 연결감을 주어, 주고받는 이의 마음을 행복하게 한다. 내가 사랑하는 사람, 존경하는 사람, 큰 어른과 연결되어 있다는 느낌은 사회의 일원으로서 삶을 보다 풍요롭게 하는 행위로 이끈다. 세상에서 가장 아름다운 선물은 무엇일까? 선물은 감사, 고마움, 애정, 존경, 기부 등 여러 가지 뜻을 담아내고, 주는 이와 받는 이의 기분 좋은 감동이어야 한다. 선물은 마음을 담은 정성이다. 마음과 정성을 담은 따뜻한 선물은 당신과 내가 연결되어 있다는 신호이기도 하다. 이보다 더 기분 좋은 선물이 무엇이겠는가. '그 사람이 기뻐할까, 내 마음이 전달될까, 그 사람에게 불필요한 물건은 아닐까.' 하며 마음을 졸이지만, 사실 선택한 선물은 모두를 만족하게 하는 행복한 선물이 아닐까!

인생은 균형을 잡을 때까지 수천 번 흔들린다.

흔들리고 휘청거리다가 넘어지면 그때는 완벽하게 쓰러진다.

나를 이만큼 중심 잡게 해준 것은 힘들 때마다 불쑥불쑥 찾아와

웃음을 안겨 주던 어제라는 값진 선물이다.

때로는 아름다웠던 지난 추억이 삶을 지탱해주는 지지대 역할을 한다.

꽃의 소원

5월이 다 가고 있는 정원에 빨간 장미가 피었다. 장미는 따뜻한 햇볕과 꿀벌과 즐겁게 놀았다. 그러나 장미의 마음속 깊은 곳에는 삶에 대한 불만이 가득했다. 어느 날 저녁, 장미는 새들의 아름다운 노랫소리를 듣고 혼자 중얼거렸다. "아, 내가 새라면 가고 싶은 곳도 맘대로 날아갈 수 있을 텐데. 그러면 정말 행복할 텐데. 그런데 나는 정원 안에 뿌리를 내리고 있어 똑같은 꽃과 가시덤불만 보고 있으니 너무 속상해." 장미가 한탄하는 말을 들은 새는 이렇게 말했다. "새의 삶을 상상하는 것이 정말 우스워. 먹이를 달라고 지저귀는 새끼들의 입에 넣어줄 벌레를 힘들게 찾아다녀야 한다는 걸 모르고 있어. 아침부터 저녁까지 벌레를 찾아다녀야 해. 내가 나무에서 노래를 부르며 짧은 휴식을 취하는 모습만 본 거야. 그래, 나도 한 마리의 잉어가 될 수 있다면 얼마나 좋을까. 편안한 물속에서 헤엄치며 놀다가 입만 벌리면 작은 물고기를 잡아먹을 수 있잖아." 그 말을 들은 잉어는 크게 한숨을 쉬며 이렇게 중얼거렸다. "언제나 물속과 해초 사이에서 헤엄치며 다니는 것을 새는 행복한 삶이라 생각한다는 거야? 나무들이 연못에 비칠 때는 나도 한번 차가운 물속에서 나와 햇살이 따뜻하게 비치는 땅을 걸어 보고 싶어. 아, 생쥐들은 그렇게 살 수 있으니 얼마나 좋을까?" 그 말을 들은 생쥐는 이렇게 되받아쳤다. "나는 평생 위험 속에서 살아. 나는 고양이한테 잡히지 않기 위해 조심해야 해. 그래서 나는 코끼리가 되고 싶어. 너무 강해서 다른 동물들이 두려워할 테니까. 긴 코로 가장 맛있는 어린 새싹을 뜯어먹을 수 있잖아. 땅 위를 살피며 힘들게 씨앗이나 땅콩을 찾을 필요가 없으니까." 그 말을 들은 코끼리는 이렇게 말했다. "생쥐가 뭘 모르는 거야. 이렇게 거대한 몸을 움직이는 데 얼마나 힘든 줄 알아? 나는 나비가 되면 좋겠어. 나비는 몸도 가볍고 자유롭게 여기저기를 날아다닐 수 있고 꽃과 꽃 사이를 옮겨 다닐 수가 있잖아." 옆에서 그 말을 들은 나비가 화를 내며 이렇게 말했다. "내가 태어나기 위해 얼마나 많은 일을 해야 하는 줄 알아? 나는 애벌레로 기어 다녀야 해. 그것도 새들에게 잡힐지 모른다는 두려움 속에서 말이야. 나비가 되어서도 힘들어. 꽃가루를 먹기 위해 이 꽃 저 꽃을 찾아다녀야 해. 내가 정원에 있는 빨간 장미처럼 한곳에 있을 수 있다면 얼마나 좋을까? 장미는 내가 매일 얻기 위해 싸워야 하는 좋은 양분을 가지고 있잖아. 장미는 아름다운 꽃과 향기를 가지고 있잖아. 가만히 있어도 사람들이 찾아와서 거름을 주고 물을 주니까. 장미는 가만히 서 있으면 되니까. 얼마나 좋겠어?" 장미는 이 말을 듣고 자신이 얼마나 가치 있는 존재인지 알게 되었다. 장미는 너무 행복해 몸을 떨었다. 그 순간 장미의 꽃봉오리는 더 빨갛게 물들어갔고 아름다운 향기가 먼 곳까지 퍼져 나갔다.

　　외국 동화 속에 나오는 '장미의 행복' 이야기다. 누구나 자신의 존재 가치를 무시하고 다른 이가 가진 것을 부러워할 때가 있다. 아무리 부러워해도 내가 그가 되지 않는다. 그리고 그도 나름대로 자신이 가진 재능을 찾아 내어 발전시켰기에 남들이 부러워하는 현재의 '그' 가 된 것이다. 남의 것이 부럽더라도 흉내 내지 말고 내 것을 찾아야 한다. 내가 누구인지 제대로 파악해서 내가 가진 재능 중에 가장 잘하는 것을 발전시켜 새롭게 창조하면 된다. 행복은 만들어가는 것이다. 누구도 처음부터 완성된 삶의 시나리오를 갖고 출발하지 않는다. 지식은 배워서 내 것으로 만들 수 있지만 삶은 배울 수가 없다. 경험을 통해 만들어 가야 한다. 처음에는 조금 서툴고 부족한 출발을 통해 경험으로 성장한다. 고흐나 파가니니처럼 처음부터 그림과 바이올린을 놀이처럼 즐기면서 성공하는 경우도 있지만, 색채의 마술사로 불리는 프랑스 화가 마티스나 시인 T.S엘리엇처럼 다른 일을 하다가 나중에 그림과 시를 써서 성공하는 경우도 있다. 잘할 수 있는 것을 찾아 그것에 열정을 쏟으면 된다. 행복도 자신이 하는 일을 통해서 만나는 것이기에.

실수와 실패는 행복을 만나기 위한 과정이다. 거부한다고 해서 피해 갈 수도 없다. 실수와 실패가 반드시 고통만 안겨주는 것은 아니다. 때로는 사람을 강하게 만든다. 실패하더라도 포기하지 않고 다시 일어나 도전하는 것이 중요하다. 비 오다가도 다시 눈부신 햇살이 비추듯 오래도록 마이너스 삶을 살았더라도 죽을힘을 다해 정성을 다하면 플러스 삶을 살게 된다. 그리스 시인 소포클레스는 "오늘은 어제 죽어간 이가 그토록 원했던 내일이다." 라고 했다. 어제는 이미 지나갔고 내일은 오지 않을지도 모른다. 확실한 건

오늘 뿐이니까. 오늘을 잘 살아야 어제의 역사도 빛이 나고 내일도 존재한다. 나의 역사를 바꾸는 힘은 오늘이다. 오늘을 무사히 버틴 것에 감사하지 말고 뿌듯한 마음이 들 정도로 잘 살아야 한다. 마음껏 웃으며 오늘이 마지막 날인 것처럼 즐겁게 살면 된다. 당장 꽃이 피지 않는다고 실망하거나 자책하지 마라. 최선을 다하고 겸허히 기다려라. 정성을 다하면 한 번은 내가 소원하는 꽃으로 피어난다.

꿈은 방향키

"꿈은 꼭 이루어진다."고들 하지만

꿈은 꾸는 것만으로 이루어지지 않습니다.

반드시 마음으로 그리고 몸으로 꾸어야 합니다.

꿈은 현실에 안주하는 사람의 몫이 아니라

하나에 지극히 매달리는 사람의 것이니까요.

꿈을 향해 달리는 사람에겐 진한 빛과 향기가 있습니다.

그 향기는 힘들고 지친 나를 일으켜 세우고 살아가는 이유를 제시하니까요.

꿈은 가치 있는 삶으로 만들어가는 방향키가 됩니다.

손익계산서

"나는 지금 행복의 손익계산이 어떻게 될까? 마지막 즈음에는 또 어떨까?" 누구나 한 번쯤 스스로에게 삶에 대한, 행복에 대한 손익계산을 따져 볼 것이다. 지금 언급하는 손익계산은 돈에 초점을 둔 것이 아니라 행복에 대한 손익계산을 살펴보는 거다. 누구나 행복의 조건이 되는 돈에 대한 손익계산은 철저하게 관리한다. 매일매일 늘어나거나 줄어드는 돈의 많고 적음을 따지며 울고 웃는다. 과연 돈이 아닌, 행복에 대한 손익계산은 어떻게 확인할까? 여기, 삶의 마지막 순간에 만나게 될 손익계산서를 따지지 않고 인생 전체를 던진 사람이 있다. 바로 나혜석과 윤심덕이다. 복잡한 인생의 손익계산을 따질 때마다 생각나는 인물이다. 얼마 전 이들의 흥미로운 기사를 읽었다.

나혜석은 그 시절, 비록 짧기는 했지만 아무나 꿈꿀 수 없는 화려한 삶을 살았다. 화가, 작가, 시인, 조각가, 여성운동가, 사회운동가. 그녀에게 붙은 이름만 보더라도 그녀가 얼마나 그 시절의 스타였는지 짐작할 수 있다. 그녀에게 붙은 '최초'라는 말도 수없이 많다. 최초의 유화 전시회를 연 여자, 최초의 여자 동경 유학생, 최초로 미국과 유럽을 여행한 여자, 최초의 자유연애주의를 대놓고 공표한 여자 등이다. 그 시절 최고의 스타 소설가였던 춘원 이광수, 염상섭, 방정환, 독립선언서에도 33인으로 이름을 올린 최린 등

내로라하는 수많은 남자들이 그녀에게 애정을 품었다. 동경 유학 시절에 만난 시인 최승구를 사랑했지만 그 시절 대부분의 소위 지식인들에게는 결혼한 부인과 자식이 있었고 최승구도 예외가 아니었다. 최승구가 25세의 나이에 결핵으로 요절하자 나혜석은 김우영을 만나 결혼한다. 그녀가 김우영에게 요구한 결혼 조건은 그림을 계속 그리게 할 것, 전처의 소생들과 시부모와는 같이 살지 않을 것, 그리고 첫사랑 최승구의 무덤에 비석을 세워줄 것을 요구했다. 그 시대 여성들에게 강요되던 부덕(婦德)으로는 상상도 할 수 없는 것들이었다. 세상의 웃음거리가 되는 것까지 감수하며 김우영은 그 조건들을 받아들인다. 그러나 그 결혼도 파리에서 만난 최린과의 연애사건으로 파국을 맞는다. 그녀는 외톨이가 되었다. 전시회를 열 수도 없었고 지면을 내어주는 잡지들도 없었다. 친구인 일엽스님이 머물던 수덕사 아래 여관에 몸을 의탁하다 떠난 그녀는 아무도 모르는 세상을 누더기만 걸치고 떠돌았다. 그녀가 남긴 마지막 흔적은 1948년, 관보(官報)의 무연고자 시신 공고에 남았다. '신원미상, 무연고자. 사망 원인 영양실조, 실어증, 중풍. 65~66세로 추정' 그녀 나이 쉰둘이었다.

　　그리고 또 한 사람, 윤심덕은 나혜석보다 한 해 늦게 태어났다. 동경의 우에노 음악학교에 유학한 최초의 조선 여학생이었다. 1923년 귀국한 그녀가 독창회를 열었다. 그 시절에 듣기 힘들었던 서양 클래식을 부르는 키가 크고 목이 긴 서구형 미모의 그녀 무대에 사람들은 열광했다. 우리나라 최초의 소프라노라는 명성을 얻었지만 대중의 관심이란 예나 지금이나 허망한 것이고 오래가지 않는 법이다. 생활고에 시달리던 그녀는 일본으로 건너가 대중가요 레코드를 취입한다. 당초에 스물여섯 곡을 녹음할 예정이었지만 마지막에 이바노비치 작곡의 〈도나우 강의 푸른 물결〉을 그녀가 조선말로 번안한 노래 〈사(死)의 찬미〉를 넣는다. 그리고 돌아오는 길의 부관연락선(시모노세키에서 부산으로 오는 배)에서 유부남 극작가 김우진과 함께 캄캄한 새벽바다에 몸을 던진다. 그 배 위에서 두 사람이 사라졌고 '이룰 수 없는 사랑에 죽음을 택한 여인'으로 포장되어 그녀의 〈사의 찬미〉가 10만 장이 넘게 팔려 레코드 회사는 돈방석에 앉았다. 그녀의 노래 〈사의 찬미〉의 한 대목은 그녀의 굴곡진 삶의 일부를 말해준다. '광막한 광야를 달리는 인생아, 너는 무엇을 찾으려 하느냐?'

'손익계산'(損益計算), 사업의 손익을 회계적 절차에 따라 계산하여 확정하는 일을 두고 하는 말이다. 살면서 누구나 손익계산을 하면서 산다. 어떤 일을 해서 어떤 손실이 있었고, 어떤 이익이 있었는지 계산을 한다. 그리고 또 그 손익계산을 통하여, 어떻게 하면 손실을 줄일 것인가, 또 어떻게 하면 이익을 더 얻을 수 있을까 하는, 삶을 사는 방법도 연구해서 더 합리적인 쪽으로 개선해 나가게 된다. 그래서 내가 발전하고, 가족이 발전한다면 최고의 손익계산의 결과물이다. 그러나 철저히 계획하지 않는 손익계산은 함부로 인생을 낭비하게 되고 그 끝은 망할 수밖에 없다. 반드시 날마다 하루의 손익계산을 써두어야 한다. 다름 아닌 '인생의 손익계산'을 써야 한다. 누군가 이런 말을 했다. "산다는 것은 손익계산서를 작성하는 일이 아니라고. 그 것은 한 점의 그림을 그리거나 한 곡의 노래를 부르는 일"이라고.

두 예술가의 삶의 손익계산을 따져보면 그저 아릿하다. 비록 굴곡진 인생을 살다 갔지만 찬란할 만큼 화려했고 또 누군가에게는 한 번쯤 선망했 던 삶일 수도 있다. 굵고 짧게 한 획을 긋고 살다간 예술가임에 틀림없다. 인 생의 중반에 접어든 내 인생의 손익계산을 따져보면 어떤 부분에서는 만족 할 만큼 플러스고 어떤 부분에서는 여전히 마이너스다. 원인을 분석하면 가 지려는 것보다 주고 내려놓는 것에 길들여져 있었고 받는 것에 익숙하지 않 아서다. 그러나 그것이 잘못된 손익계산이라 생각하지는 않는다. 인생에 있 어 손익계산은 보이는 것이 전부가 아니라는 것이다. 성공이, 넘치는 부가 반드시 행복을 안겨주는 손익계산은 아닐 테니까. 무엇이든 스스로의 만족, 느낌이 중요하니까. 또 굳이 손익계산이 필요 없을 만큼 가진 것이 없다 해 도, 살다보면 성취나 돈이 아닌 마음의 풍요를 충분히 느낄 시간이 있다. 그 러니 너무 초조해하지도 서두르지도 말자. 서두른다고 안 될 일이 이루어지 고 초조해한다고 나 대신 누가 해줄 수도 없다. 내 인생의 손익계산서, 그것 도 행복의 손익계산서는 오로지 나만이 평가할 수가 있다. 채우고 내려놓고 또 채우고 내려놓다 보면 내 안에 가득 담겨 충분히 편안함을 느낄 수 있는 가치 있는 손익계산서도 만나게 될 테니까. 수와 양의 많고 적음에 연연하지 말자. 내 방식대로 비우고 채우며 정직하게 살아가자. 행복한 인생의 손익계산서는 보이는 '만족'이 아니라 느껴지는 '만족'이니까. 다만 1달에 한 번씩, 3개월에 한 번씩, 1년에 한 번씩 주기적으로 점검하며 살자. 늦은 후회를 만나지 않기 위해서는.

사람의 일평생은 그 어느 것과도 바꿀 수 없는 선물이며 뜻있는 도전이다.

인생이란 살 만한 가치가 있는 것이냐는 식의 질문은 무의미하다.

아마 손익계산서를 가지고 인생을 셈하다 보면

결국 살 만한 가치가 없게 될 것이다.

— 에리히 프롬

대단한 사람이
되어 있지
않더라도

인도의 속담에 "사랑이 머리에서 가슴까지 내려가는 데 30년이 걸린다"는 말이 있다. 그 말에 함축된 깊은 의미는 무엇일까. 사실 머리에서 가슴까지 거리는 30센티미터밖에 되지 않는다. 이 말의 뜻은 아마도 차가운 머리에서 따듯한 가슴으로 내려와 감동을 줄 때까지 오랜 시간이 걸린다는 말이 아닐까 싶다. 세상을 살아가는 모두는 원하든 원하지 않든 잘 살 필요가 있다. 세상을 외면하고 마음 가는 대로 살 수는 없다. 나에게 부여된 책임과 의무를 다할 때 내가 바라는 권리도 생긴다.

인생은 장애물 경기와 같다. 수많은 장애물을 넘고 또 넘어야 한다. 정신없이 내달렸는데 막다른 길 앞에 설 때도 있다. 그래도 포기하지 말고 돌아 나와야 한다. 삶의 방향을 찾으려면 길도 잃어봐야 한다. 그래야 새로운 기회가 주어진다. 수많은 실패를 해도 꼭 이루리라는 흔들림 없는 결심을 마음속에 품고 살아가는 것이 중요하다. 늦은 나이라고 해서 포기해서도 안 된다. 한국문학의 어머니 박완서 작가도 마흔이 넘어 등단을 했다. 내 주변을 돌아보아도 쉰의 나이에 대학에 입학하기도 하고 교수직을 버리고 프랑스로 요리 공부를 위해 떠나는 친구도 있다. 최선을 다하면 최상의 결과를 가져온다. 성공한 사람들을 보면 잠시 쉬는 일이 있어도 끝까지 포기하지 않았다.

꿈을 이루는 것은 우연의 기회로 찾아오고 아이디어도 단순하다. 글을 쓰든 그림을 그리든 춤을 추든, 좋아하고 잘할 수 있고 오래도록 몰입하고 있어도 지겹지 않다는 생각이 들면, 다른 사람들이 아니라고 해도 자신을 믿고 끝까지 가라. 도전하는 데 늦은 나이는 없다. 빠른 길도 없고 하룻밤에 이루어지는 것도 없다. 좋아하는 꿈을 찾아 도전하는 것이 해답이다. 지금은 작가의 길을 가고 있지만 나에게도 꿈이 여러 개가 있었다. 사춘기 시절 유명 프로듀서의 모습을 보고 프로듀서의 꿈을 키웠던 적이 있다. 자존감으로 똘똘 뭉쳐 자신감 있게 진행하는 앵커를 보고 "나도 저런 사람이 되었으면……" 하고 바랐던 적이 있다. 아마도 그들이 나를 교사의 길에서 작가의 길로 이끌었는지도 모른다. 무엇이든 꿈이라는 목적어가 있으면 방향을 찾아 돈키호테가 되어 밀고 나가야 한다. 모두에게 화려한 월계관을 씌워주는 것은 아니니까.

에이브러햄 링컨은 이렇게 말했다. "좋은 일은 기다리는 사람에게도 오지만 끊임없이 찾아 나서는 사람의 몫이다." 그렇다면 꿈을 어떻게 이룰까? 꿈을 이루는 첫 번째 조건은 방향이다. 원하는 것이 무엇이고 꿈꾸는 직업을 정해야 한다. 우선 방향과 목적지가 나의 조건에 맞아야 한다. 내가 좋아하는 것, 잘할 수 있는 것, 성격, 재능, 주변의 환경을 고려해보아야 한다. 꿈은 가수인데 몸치고 음치라면 불가능한 일이다. 내가 좋아하고 잘할 수 있는 일이라면, 그래서 잠재된 최대한의 재능을 끌어낼 수 있다면 기적은 가능하다. 비록 화려한 스펙이 아니어도, 성장 환경이 좋지 않아도, 대단한 학벌이 아니어도, 이름 석 자를 남길 수 있는 귀한 사람이 된다. 무작정 '유명해지고 싶어'가 아니라 노래를 부르고 춤을 춰서 글을 쓸 때와 같은 충분한 조건을 갖추어야 한다. 방향이 정해지고 조건이 갖춰지면 과감하게 속도를 내야 한다. 그러고 나서 5년, 10년 주기로 피드백을 하며 업그레이드를 해야 한다. 물론 재능과 능력, 그리고 땀을 200% 활용하고 수많은 시행착오와 실패를 경험해야 한다. 꿈을 이루었다고 해서 현실에 안주해 버리고 노력하지 않으면 이룬 꿈도 빛을 발하지 못한다. 위대한 예술작품을 보더라도 몇 개월 작업으로 완성된 것보다 수십 년의 시간을 투자한 작품이 가치가 있는 것처럼 지금 닥친 일도 중요하지만 멀리 내다보고 꾸준히 가야 한다. 나를 '귀한 사람'으로 만들 것인가, 하찮은 사람으로 만들 것인가'라고 스스로에게 냉정한 평가를 지독하게 해서 채찍과 칭찬을 아낌없이 주어야 한다.

한때 나도 앞에 주어진 일만 열심히 하면 원하는 것을 이룰 줄 알았다. 거듭된 실패를 반복하면서 좌절도 하고 방황도 했지만, 할 수 있다는 올곧은 확신 하나로 버텼기에 기대치를 달성할 수 있었다. 자신과의 약속만큼 철저한 가르침은 없다. 뼈아픈 경험은 반드시 삶의 지혜가 되고 행복은 살아내는 자, 이겨내는 자의 몫이다. 수없이 대파질을 하면서 소금을 햇볕에 내어 말리고 거두기를 수십 번 해야 기다리던 소금이 염부의 손에 채워지는 것처럼, 치열하게 도전하고 실패를 거듭해야 한다. 삶에는 모두 이유가 있고 예정되어 있다. 고단하고 때로는 환희에 찬 삶의 무늬도 돌아보면 어느 것 하나 소중하지 않은 것이 없다. 최고의 순간이 내일은 최악의 순간으로 찾아오고 최악의 오늘이 머지않아 최고의 날로 바뀌는 것이 인생이다. 누구나 성공하기 위해 이십 대의 특권이던 자유와 낭만, 삼십 대의 삶의 유희까지 유예하면서 꿈을 향해 달린다. 꿈꾸던 것을 이루고 나면 또 다른 꿈이 앞에 서 있다. 꿈을 꾸는 한 꿈 너머에는 꿈이 있다. 즐거운 마음으로 도전하자. 하는 일을 즐거움으로 만들지 못하면 삶은 피폐해진다.

사막을 여행할 때 누구나 별을 보고 길을 찾지만 꿈을 이루기 위해서는 내 안의 소리에 귀를 기울여야 한다. 바다에서 놀던 연어가 알을 낳기 위해 어미의 강으로 돌아오듯 치열하게 도전하면 된다. 정성을 기울인 땀과 확신이 꿈을 이루게 한다. 행복도 꿈을 이루는 과정에서 만난다. 높이 오르기 위해 치열하게 배우고 익혔듯이 내려올 때에도 배우고 익히며 꾸준히 반복 학습을 하자. 꿈의 실현은 기다림과 아픈 상처의 견딤이다.

"이걸 가진다면 나는 행복할 거야, 이 일만 해결된다면 걱정이 없겠어."라고 말하지만 갖고 싶은 걸 가지고 문제가 해결되면 또 다른 욕망이 채워져 새로운 문제가 생긴다. 강물이 바다로 흘러가는 이유는 바다가 가장 낮은 곳에 있기 때문이다. 행복도 마찬가지다. 높은 곳 저 멀리에 있다고 생각했던 마음을 내려놓아야 꿈을 가까이서 만나게 된다. "인간은 자신이 결심한 만큼 행복해진다."는 링컨의 말처럼 최선을 다해 살면 대단한 사람이 되어 있지 않더라도 눈높이의 꿈은 이루어진다.

반드시 이루고 싶은 목적어가 있다면

머뭇거리지 말고 가진 모든 것을 걸어라.

돈이든, 시간이든, 열정이든, 확신을 가지고 밀고 나가라.

넘어지면 다시 일어나라.

희망은 희망이 낳는 것이 아니라 결핍이나 절망이 낳는다.

가장 깊은 수렁에 빠졌다고 생각되는 그때가 가장 큰 희망을 품는 기회다.

모든 것을 걸고 죽을힘을 다해 애쓴다면 기적은 이루어진다.

기적은 반드시 '있다'고 믿고 정성을 다해 노력하는 사람에게 찾아간다.

자신을 믿어라. 희망을 믿어라. 기적을 믿어라.

겸손이
안겨주는 것은

여름이 뜨겁다. 더하여 세상이 뜨겁다. 수직으로 내리꽂는 햇빛, 낮은 매미소리, 그리고 푸른 나무들은 여름을 상징하는 단어들이다. 그중에서 하나를 말하라 하면 단연 뜨거움이다. 세상 모든 것들에는 본질과 주변 요소가 있다. 아주 작은 생명체, 사소한 물건들에도 본질이 숨겨져 있다. 그렇다면, 사람을 아름답게 해주는 본질은 무엇일까? 그것은 살면서 가장 기본이 되고 최고의 덕목이라 할 수 있는 겸손이다. 겸손(謙遜)의 사전적 의미는 '남을 존중하고 자기를 내세우지 않는 태도가 있음'이다. 겸손에는 나와 타자가 공존한다. 타자를 존중하면서 나를 내세우지 않는 것이다.

겸손한 사람은 세상을 바라보는 프레임이 특별하다. 파란색 안경을 쓰면 세상이 파랗게 보이지만 겸손의 안경을 쓰면, 그동안 보지 못했던 것들이 보인다. 고은 시인의 시에서도 겸손을 찾아볼 수가 있다. '그 꽃'이라는 시에 보면 '내려갈 때 보았네 올라갈 때 보지 못한 그 꽃' 이라고 노래하고 있다. 세상 높은 줄 모르고 오를 때에는 높이 솟은 나무만 눈에 들어왔지, 가장 낮은 곳에 피는 풀꽃 같은 것이 눈에 들어올 리가 없다. 풀꽃은 내려올 때야 눈 안에 들어온다. 그것도 자세히 보아야 보이는 것이다. 이처럼 겸손은 시시한 것들조차도 관심을 갖게 하여 보지 못한 세상의 아름다움을 느끼게 한다. 겸손은 감사를 부른다. 조금만 방향을 틀어 세상을 보게 되면 자연스럽게 감사가 올라온다. 이 감사는 거창한 어떤 것이 아니다. 살면서 만나는 사소한 모든 것들이다. 푹푹 찌는 감자솥 같은 여름날, 잠시 피할 한 줌의 나무그늘, 시원한 한 줄기의 소나기, 엄마 품에 심장을 포갠 채 잠든 아가의 편안한 모습에서 입꼬리가 살짝 올라가며 미소를 짓는다.

겸손은 사람과의 소통을 끌어낸다. 누군가의 은혜에 감사의 시선을 보내면 돌아오는 메시지도 따뜻한 감사다. 주고받는 감사에서 따뜻한 소통이 이루어진다. 아무리 똑똑한 사람도 여백은 있다. 그 여백을 채워줄 또 다른 사람이 보이기 시작하는 것, 그것이 바로 겸손의 힘이다. 이솝우화의 '사자와 쥐'에서도 찾아볼 수 있다.

사자가 풀밭에서 잠이 들었는데 쥐 한 마리가 사자의 머리에서 놀다 코를 건드렸다. 사자가 눈을 번쩍 뜨고 쥐에게 야단을 쳤다. 쥐는 한 번만 용서해주면 은혜는 꼭 갚는다고 애원했다. 사자는 쥐 같은 짐승이 무슨 은혜를 갚을 수 있겠느냐며 그냥 풀어줬다. 그 후 어느 날 쥐가 산에서 사냥꾼이 놓은 덫에 걸려 꼼짝 못하는 사자를 봤다. 자신을 놓아준 그 사자였다. 그래서 발을 꽁꽁 묶은 밧줄을 이빨로 끊어 사자가 빠져나올 수 있도록 했다. 작고 힘없는 짐승이라고 얕보았던 사자는 쥐에게 눈물을 흘리며 그가 은혜를 갚은 데에 고마워했다.

사실, 사자 입장에서 보면 잡아먹기에 너무 께름칙해서 풀어준 쥐가 자신의 생명을 구했다. 비록 사자가 겸손해서 쥐를 놓아준 것은 아니지만, 이 우화를 통해 역설적으로 이 세상에는 하찮은 미물은 없다는 것을 깨달을 수 있다. 존재한다는 것은 반드시 이유가 있기 때문이다. 마지막으로 겸손은 사람을 발전시킨다. 아무리 최고라고 자부하는 사람도 겸손의 힘이 필요하다. 최고라 할지라도 부족한 부분을 발견하고, 이를 채우려는 노력, 그리고 모를 때 모른다고 말하며 배울 수 있는 용기가 필요하다. 흐르지 않는 물은 썩는다. 겸손하다는 것은 늘 흐른다는 것이다. 흐르면서 조금씩 성장하고 발전하며 최종 목적지에 닿게 되는 것이다.

낮은 곳에 시선을 두고 서로의 아픈 상처를 나누며
위로하고 또 위로 받고 싶습니다.
진실한 마음으로 겸손하게 다가가고 싶습니다.
오래된 상처의 굳은살은 깊숙이 묻겠습니다.

웃음이
곧
행복이다

가끔 내 모습이 마음에 들지 않을 때가 있다. 거울도 보기 싫고 피로감이 나를 압박할 때가 있다. 어찌해야 할까? 아마 누구는 쉴 것이고 누구는 견디며 일을 할 것이다. 이런 상황에 빠지면 쉬는 것이 정답이다. 일도 살림도 놓아두고 쉬어야 한다. 사람이 성숙해지는 시기는 기쁘거나 만족할 때가 아니라, 혼자라는 생각이 들고 모든 것이 못마땅하고 지쳐있을 때이다. 그 순간을 지혜롭게 넘겨야 한다. 나무가 바람과 물을 빨아들이며 하늘 높이 쑥쑥 자라듯 고비를 넘기고 나면 마음의 키가 자라 알록달록 성숙의 꽃이 핀다. 푸른 생각과 붉은 행동이 하나가 되어 탐스런 열매를 맺는다. 무엇을 하든 결과를 얻으려면 기다림이 필요하다. 기다리다 보면 고민하게 되고 결과에 따라 대처하는 지혜도 생긴다. 쉬지 않고 무작정 달린다고 해서 또 결과가 좋은 것도 아니다. 친구가 달린다고 해서 다리를 다친 내가 달릴 수는 없는 노릇이다. 이럴까, 저럴까 고민이 많아질 때에는 한 템포 늦추자. 아이쇼핑도 하고 파란 하늘도 바라보며 크게 심호흡한 다음 천천히 가자. 서두르지 말자. 속도에 신경 쓰지 말자. 조금 늦더라도 목적지에 정확히 도착하는 것이 중요하니까. 나에게 맞는 속도로 한 걸음, 두 걸음 나아가자. 완벽하려고 무리하지 말자. 내 능력만큼만 잘 하면 그게 완벽이다. 분수에 맞게 행동하자. 그리고 내가 고단해질 정도로 착하게 살지 말자. 내가 지치면 가족도 흔들린다. 적당함으로 수평을 맞추자.

　　나를 힐링하는 것도 나이고 쓰러진 나를 스탠딩하는 것도 자신이다. 몸이 뚱뚱하면 뚱뚱한 대로, 키가 작으면 키가 작은 대로 현실을 받아들이고 현실 안에서 행복해지는 방법을 찾으면 된다. 키가 작은 사람은 키높이 신발을 신으면 위로가 되고 몸이 뚱뚱한 사람은 다이어트를 시작하면 된다. 노력하면 불가능한 것은 많지 않다. 시작하지 않기 때문에 기적이 일어나지 않는다. 내 행복은 내가 찾아야 한다. 행복이 같을 수는 없다. 좋아하는 것, 싫어하는 것, 그리고 생각과 목표가 다르기 때문이다. 그럼에도 행복할 권리는 모두에게 있다. 그러나 행복해질 권리는 스스로 찾아야 한다. 일에 몰입해야 아름답다. 그것도 즐겁게 일하는 모습은 더욱 아름답다. 즐거움은 만족이고 만족은 행복을 이끌어낸다. 가족을 위해 맛있는 요리를 하는 것도 행복이고 회사에서 남이 해결하지 못한 어려운 일을 대신 해결해주는 것도 행복해질 이유가 된다. 행복은 사방에 흩어져 있다. 먼저 찾는 사람이 주인이다. 현재의 나를 부정하지 말고 나이가 많든 적든, 성격이 못마땅하든, 얼굴이 예쁘지 않든, 몸이 뚱뚱하든 현재의 모습 속에서 좋아지는 방법을 찾자. 불행을 느끼고 좌절감을 느끼는 것은 나를 부정하기 때문이다. 어제보다 오늘 더 열심히 살면 내일은 가치 있는 날이 된다. 지금 보잘것없는 모습이라 해서 내일도 같은 모습은 아니다. 오늘 내 생각, 내 행동에 따라 내일이 기다려질 수도 두려워질 수도 있다. 내 삶의 선택과 결정권은 나에게 있다. 다른 사람은 어시스트일 뿐이다. 자신감을 가지고 당당하게 도전하자. 첫 생각, 첫 마음, 첫 행동으로 돌아가면 못 이룰 것도 없다. 내일 행복해질 조건은 오늘에 충실하고 삶의 이유를 '나'에게 두면 된다. 적어도 삶의 마침표를 찍을 무렵 누구처럼 '그 사람을 만났더라면, 그 직장에 들어갔더라면, 그곳에 가지 않았더라면'이라고 후회하지 말자.

욕심 부리지 말자. 고통스러운 기억을 불러일으키는 대상이 있다면 결별하자. 아름다우면서도 동시에 편안하게 만드는 기억을 되새기자. 나를 돌보는 데 더 많은 시간을 투자하자. 가고 싶은 곳, 읽고 싶은 책, 하고 싶은 일을 할 시간을 갖자. 먹고 입고 자는 것에 있어 욕심을 버리고 가난해지자. 어차피 죽을 때는 처음으로 돌아간다. 가장 가난하고 가장 낮은 곳으로 돌아간다. 단순해지자. 고마운 것에는 고맙다고, 미안할 때에는 미안하다고 바로 말하자. 나이에 상관없이 솔직하게 표현하자. 그것이 걱정도 줄이고 후회도 쌓이지 않게 하는 방법이다. 가능하다면 많이 웃으며 주변 사람들에게 '미안해'라는 말보다 '고마워'라는 말을 많이 하자. 내 앞에 멈춘 것들을 '나중에' 미루지 말고 당장 실천하자. 그것이 빨리 늙지 않게 하고 즐겁게 사는 방법이다. 나를 행복하게 해주는 것은 가까이에 있는 사소한 것들이다. 가까이서 찾자. 옆에 앞에 뒤에 있다. 눈부신 햇살, 자판기에서 흐르듯 내려오는 커피 한 잔, 시장에서 덤으로 받은 채소, 땀 흘려 일해서 번 돈이다. 주변을 돌아보면 특별하게 예쁘지도 않은데 호감이 가거나 아름다워 보이는 사람이 있다.

나이가 들어 흰머리가 많아도 대단한 미인이 아니어도 시선을 모으는 사람이 있다. 자신이 가진 것들을 있는 그대로 인정해주며 살아갈 때 얼굴은 환해지고 드러나는 이미지는 온화하다. 가까이 다가가서 말을 걸어보고 싶은 사람이다. 아무리 내 모습이 못마땅해도 나는 나이고 그는 그이다. 있는 그대로를 사랑하면서 못마땅한 곳이 있으면 조금씩 변화를 주자. 무엇을 하든 그냥 '나답게' 웃으며 살자. 나를 인정해주며 살자. 즐겁게 살아야 웃음이 떠나지 않고 표정이 밝아진다. 주어진 것들을 감사하며 살면 웃게 된다. 웃음이 곧 행복이다.

자신을 가꾸어라.

내면이 웃을 수 있게, 따뜻하게 보살펴라.

정성껏 가꾸어라.

안과 밖이 환해질 때까지.

완전한 용서,
아름다운 용서

한때는 잘나가던 중산층으로 살다가 사업을 확장하는 바람에 늘어가는 빚을 감당 못해 일가족 4명이 자살한 사건이 발생했다. 또 성당에서 기도하던 여성이 영문도 모른 채 흉기에 찔려 사망했다. 요즘 우리 사회에 자살이나 살인사건, 아이의 분유를 먹이기 위해 가난한 애기 엄마가 슈퍼에서 분유를 훔쳤다는 뉴스, 백내장 수술비를 마련하기 위해 편의점 아르바이트를 하던 중년 남자가 담배 보루를 훔쳤다는 뉴스 등 '현대판 장발장'의 소식이 늘어가고 있다. 분유를 훔치고, 기저귀를 훔치고, 또 일 년에 1만 4000명 이상이 자살을 하고 있다. 인기 스타도 재벌도 대통령까지도 자살하는 사회이다. 벼랑 끝이라 생각하는 사람들의 마지막 외침은 "내 인생에서 더 이상 기대할 것이 없어요. 또 기댈 곳도 없어요."이다. 보통 사람이라면 살면서 한 번쯤 죽고 싶다는 생각을 하게 되고 경제적으로도 어려운 상황에 처하면 누군가에게 손을 내밀게 된다. 무엇이든 필요로 할 때 여러 차례 거절을 당하고 더 이상 의지할 곳이 없다고 생각하면 극한 결핍이 영혼을 강하게 압박하여 '자살'이나 물건을 훔치는 것과 같은 죄를 선택하고 만다. 죄를 선택하는 것은 빈곤 상태의 극치를 말한다. 다시 말해 겉으로 드러나지 않은 가장 나약한 사람들이다. 이들에겐 분명 〈레미제라블〉의 장발장처럼 살아갈 이유를 제공해주는 미리엘 신부와 같은 존재가 꼭 필요하다. 아무리 죽고 싶어도 살아가야 할 절박한 이유가 있다면 힘든 상황을 극복하게 된다. 내가 살아가는 이유와 내가 존재해야만 하는 이유가 분명해지면 어떤 시련도 좌절도 능히 극복할 수가 있다. 살아가는 이유가 사랑하는 사람(가족)일 수도 있고 명예일 수도 있고 돈일 수도 있다. 그 이유가 되는 '무엇'을 찾아줄 단 한 사람만 곁에 있어도 의지가 되어 죽어가는 한 생명을 구원할 수가 있다. 분명 자살이든 살인이든 이 세상에서뿐만 아니라 내세에서도 영원히 '페카토 모르탈레', 곧 용서 받지 못할 죄에 해당한다. 그럼에도 우리는 또 용서해야 한다고 말한다.

얼마 전 아픈 가슴을 쓸어내리며 본 영화가 있다. 배우 전도연을 칸 영화제의 주인공으로 만들었던 '밀양'이다. 극중 여인은 남편을 잃고 어린 아들과 함께 밀양으로 내려와 새 생활을 시작한다. 피아노 학원을 하며 살던 그녀는 끔찍한 일을 당하게 된다. 같은 동네 사람이 그녀의 어린 아들을 유괴해 살해한 것이다. 엄청난 고통으로 삶을 지탱해 나가기도 힘들던 그녀는 우연히 교회에 나가면서 마음의 위안을 얻게 된다. 그 후 아들 살해범을 용서하기 위해 감옥을 찾아간 그녀는 그곳에서 뜻밖의 상황과 마주친다. 살해범은 죄책감으로 일그러진 모습이거나, 그것조차 느끼지 못하는 사악한 모습이 아니었던 것이다. 그는 선량하고 편안한 모습으로 그녀에게 이렇게 말한다. "감옥에 온 뒤 하나님을 만나서 모든 죄를 용서 받고 평안을 얻었다. 자매님도 하나님을 믿고 평안을 얻으시라." 이때부터 그녀의 진짜 고통이 시작된다. 아들을 잃은 고통보다 더한 고통은 자기 아들을 죽인 죄인이 아무런 고통도 없이 '용서'를 받았다는 점이었다. 그때부터 그녀의 분노는 이 죄인을 용서해 주었다는 '신'에게로 향한다. 그녀가 가슴을 쥐어뜯으며 오열하던 장면을 잊을 수 없다. "내가 아직 용서 안 했는데, 누가 용서를 해."

　　누군가에게 치명적인 해를 입히거나 씻을 수 없는 상처를 남겼다면 그건 분명 죄가 된다. 그 죄라는 것은 누군가 내 영혼에 검은 얼룩을 뿌린 것과 같다. 그 얼룩을 지우려면 지우개가 필요한데, 그 지우개 역할을 하는 것이 '용서'이다. 용서는 영어로 'forgive'이다. '위하다'라는 'for'과 '주다'라는 의미를 지닌 'give'의 합성어이다. 영어에서 의미하는 것처럼 '누구'를 위해서 '누구'에게 한없이 베푼다는 말이다. 사람이 한평생을 살면서 누군가에게 도움을 주고 또 도움을 받는다. 그런 과정에서 알게 모르게 크고 작은 피해를 주고받는다. 상처가 남기에 내가 타인에게 폐를 끼칠 때는 사과를 하고, 타인이 나에게 폐를 끼칠 때는 사죄를 받는다. 사죄를 받아들이는 행위가 용서이다. 용서는 나를 아프게 한 사람을, 나를 힘들게 한 것들을 잊기 위함이다. 용서를 하지 않으면 내가 자유롭지 못하니까. 하지만 쉽지가 않다. 내가 가진 재물이나 권력은 내려놓기가 쉽다. 그러나 집착과 노여움, 그리고 상처는 내려놓기가 쉽지가 않다. 타인의 죄를 죄로서 인정하고 처벌하며 죄를 범한 타인을 증오하는 것을 구별하고, 증오를 극복할 때 용서하는 마음이 생긴다. 용서에 대해 반드시 필요한 조건은 진심 어린 '회개'이다. 정직하게 '잘못을 시인하고 뉘우치는 것'이다. 물론 가해자의 회개가 있다 해도 피해자가 용서하지 않을 수도 있다. 가해자가 자신의 죄를 인정하고 반성하며 피해자에게 사죄를 구하는 것, 이 지극히 당연한 전제가 이뤄진 후에야 비로소 용서의 열쇠는 피해자에게 넘어가게 된다. 피해자의 마음이 치유될 수 있는 충분한 시간이 지나고, 아픔이 잊힐 만큼 위로가 채워져야 피해자의 마음에 고통이 조금씩 물러나고 누군가를 용서해 줄 수 있는 여유가 싹틀 수 있다. 용서란, 이미 일어난 과거를 지우는 것도, 이미 저지른 과오를 잊는 것도 아니다. 용서는 모든 것을 다 내려놓고 처음의 마음으로 돌아가는 것이다. 아름다운 용서는 죄가 망각의 강으로 들어가 기억에서조차 완전히 사라지는 것을 말한다. 다시 말해 완전한 용서란, 가해자는 용서받음으로 진정한 회개가 이루어져 다시 환한 세상으로 나오고 피해자는 용서함으로써 맑고 깨끗한 영혼으로 돌아간다. '파울 뵈세'는 용서에 대해 이렇게 말했다. "용서는 과거를 변화시킬 수 없다. 그러나 미래를 넓혀준다."

내게 별거 아닌 일이 누군가에는 엄청난 고통일 수가 있습니다.

모르거나, 모른 척 지나칠 뿐입니다.

때때로 그 작고 미미한 것을 사랑으로 포용할 때,

그 거룩한 관대함이 누군가의 인생을 완전히 바꾸기도 합니다.

#2. 모든 것은 다 지나간다

집안이 나쁘다고 탓하지 마라.

나는 몰락한 역적의 가문에서 태어나 가난 때문에 외갓집에서 자라났다.

머리가 나쁘다 말하지 마라.

나는 첫 시험에서 낙방하고 서른둘의 늦은 나이에 겨우 과거에 급제했다.

좋은 직위가 아니라고 불평하지 마라.

나는 14년 동안 변방 오지의 말단 수비 장교로 돌았다.

윗사람의 지시라 어쩔 수 없다고 말하지 마라.

나는 불의한 직속 상관들과의 불화로 몇 차례나 파면과 불이익을 받았다.

몸이 약하다고 고민하지 마라.

나는 평생 동안 고질적인 위장병과 전염병으로 고통받았다.

기회가 주어지지 않는다고 불평하지 마라.

나는 적군의 침입으로 나라가 위태로워진 후 마흔일곱에 제독이 되었다.

조직의 지원이 없다고 실망하지 마라.

나는 스스로 논밭을 갈아 군자금을 만들었고 스물세 번 싸워 스물세 번 이겼다.

윗사람이 알아주지 않는다고 불만 갖지 말라!

나는 끊임없는 임금의 오해와 의심으로 모든 공을 뺏긴 채 옥살이를 해야 했다.

자본이 없다고 절망하지 마라.

나는 빈손으로 돌아온 전쟁터에서 열두 척의 낡은 배로 133척의 적을 막았다.

옳지 못한 방법으로 가족을 사랑한다 말하지 마라.

나는 스무 살의 아들을 적의 칼날에 잃었고 또 다른 아들들과 함께 전쟁터로 나섰다.

죽음이 두렵다고 말하지 마라.

나는 적들이 물러가는 마지막 전투에서 스스로 죽음을 택했다.

— 이순신

꽃가마를 탈까,
가시밭을 걸을까

작은 물방울이 모여 개울물이 되고, 개울물이 모여 시냇물이 되고, 시냇물 모여 큰 강물이 되고, 큰 강물이 최종 목적지인 바다로 흘러가듯 우리가 맞이하는 시간도 자신만의 목적지를 향해 흘러간다. 한 번 흘러간 물은 되돌아오지 않듯 시간도 마찬가지다. 날아가는 새처럼 뒤를 돌아보지 않고 앞만 보고 흘러간다. 이렇게 모든 것은 목적지를 향해 흘러간다. 마찬가지로 인생도 자기만의 목적지를 향해 나아가고 있다. 어쩌면 우리는 예정된 순서에 의해 무언가를 이루어 내고, 또 어떤 날은 이루지 못해 안타까워한다. 내가 아는 지인 중의 한 사람은 '카르페 디엠', 즉 이 순간을 즐기자는 말을 좌우명으로 삼고 살아간다. 그래서인지 그녀를 만날 때마다 얼굴에 환한 미소를 머금고 있어 보는 나도 기분이 좋아진다. 싱글맘으로 살고 있는 그녀는 얼마 전까지만 해도 우유배달, 마트 계산원, 학습지 교사 등 안 해본 일이 없다고 했다. 아이를 두 명 키우면서 슈퍼 우먼이 된 것이다. 작은 체구의 그녀에게 그런 힘이 어디서 나올까? 아마도 "엄마니까" 엄마의 힘이 아닐까 싶다. 물론 지금은 전통시장 안에서 직원 3명을 둔 어엿한 반찬가게 사장님이다. 가끔씩 내가 맛깔스럽다고 느낀 그녀의 반찬은 우엉조림이다. 조미료를 거의 넣지 않아 뒷맛이 개운하기 때문에 우엉조림이 먹고 싶을 때는 그곳을 찾는다. 한 달에 한두 번 가지만 갈 때마다 친절하고 상냥한 미소로 반겨준다. 이 집의 매력은 물론 맛도 한몫하지만 사장님의 웃을 수 있는 여유, 바쁜 가운데도 농담을 건넬 수 있는 배려가 아무래도 고객을 끌어들이는 비법이 아닌가 싶다. 특히 돈을 건네고 나올 때마다 눈 맞춤하며 "행복하세요."라는 말을 잊지 않고 건네준다. 물론 "행복하세요."라는 말 때문에 남은 시간이 행복하게 흘러간다는 보장은 없지만 듣는 사람 입장에서 생각해보면 나에게 작은 관심을 보여주는 자체가 고마운 일이기에 나쁘지가 않다. 나를 위해 기도는 아니더라도 좋은 일이 일어나기를 바라는 그 따뜻한 말 한마디가 사람을 기분 좋게 만드는 것이다. "칭찬은 고래도 춤추게 한다."는 말이 있듯이 칭찬이나 위로의 말은 아무리 들어도 나쁘지 않으니까. 나에게뿐 아니라 오랜만에 들른 할머니에게는 "얼굴이 핼쑥하시네요. 어디 아프셨어요?"라며 친정 엄마를 대하듯 안쓰러워하며 안부를 건넨다. 또 나이 드신 할머니에게는 덤으로 반찬을 담아 건네며 구수한 옛 노래 한 구절로 감사의 인사를 한다. 얼마나 많이 가졌든 얼마나 많이 배웠든 나이가 많든 적든 간에 마주하는 모든 이에게 배울 것은 있다. 내 행복의 스승은 막내 동생 같은 반찬 집 그녀이다. 내가 지치고 힘들 때 찾아가면 옷이 젖어 있을 정도로 땀을 흘리며 열심히 일하는 그녀의 모습에서 늘 용기를 얻었다. 또 무작정 빌딩숲을 헤쳐 들어가 행복이 어디에 있냐고 대뜸 찾고 있을 때 그녀는 열심히 반찬을 만들어 팔며 가식 없는 행동으로 답해주었다. 현실에 감사하며 즐겁게 충실하게 살라고. 그 안에 답이 있다고.

물론 그녀 역시 자신의 반찬가게를 운영할 때까지 크고 작은 실패를 했다고 한다. 소중한 것을 잃어버리고 나서야 가장 소중한 것을 찾았다고 말하는 그녀. 그녀가 그 숱한 고통을 홀로 껴안으면서도 버틸 수 있었던 것은 책임져야 할 금쪽같은 자식이 있었기 때문이 아닐까 싶다. 새벽에 우유를 돌리면서도 아이에게 맛있는 것, 더 좋은 것을 선물해주기 위해 힘들어도 견뎠을 것이다. 엄마에게 자식은 비타민 같은 존재이니까. 힘을 주고 미소를 번지게 하고 삶의 탄력을 주는 힘은 똘망똘망한 자식의 눈빛이 아닐까 싶다. 피를 나누지도 않은 나도 그녀의 얼굴을 대할 때는 웃음이 나고 기분이 좋아지고 무엇이라도 하나 사주고 싶은 마음이 드는데 가족이라면 얼마나 애틋할까? 늦은 밤 식탁 앞에 둘러앉아 오순도순 하루 일과를 풀어내며 맛있게 식사하는 세 식구를 생각하면 행복할 거란 생각이 들어 기분이 좋다. 가족의 행복은 위에서 아래로 흐른다. 든든한 보호자가 웃어야 보호받는 가족도 웃게 된다. 엄마가 웃어야 가정에 웃음꽃이 핀다. 엄마가 울면 가족은 더 깊은 슬픔에 허우적거리게 된다. 자식에게 엄마는 태양이고 빛이고 숨을 쉬게 하는 공기와도 같다. 또 엄마에게 자식은 하늘이고 땅이고 세상 전부가 된다. 그것이 엄마와 자식 관계. 탯줄로 영양분을 받아먹던 뱃속에서도, 탯줄을 자르고 엄마의 눈길을 벗어나 스스로 밥을 사먹으면서도, 자식은 엄마의 울타리 안에 늘 머문다. 다시 말해 눈앞에 있든 없든 엄마는 자식이 지금 아픈지, 안 아픈지, 울고 있는지, 웃고 있는지 당장 보지 않아도 알 수가 있다.

그녀의 반찬가게에는 '카르페 디엠'이라고 붓글씨로 쓴 문구가 벽에 붙여져 있다. 반찬을 만들면서 사람과 대화를 주고받고, 하루를 열고 닫는 그녀는 그 단어를 보며 최선을 다할 것이다. 물론 나도 좋아하는 문구가 있다. 가장 힘들었을 때 '모든 것은 다 지나간다.'라는 성경의 한 글귀가 고통을 벗어나게 해준 위로의 한마디였다. 누구에게나 잘 살기 위한 가치가 있다. 그 가치가 돈이든, 명예든, 권력이든 최종 목적어는 행복이다. 행복이라는 단어를 만나기까지 우리는 크고 작은 상실을 안게 된다. 가장 소중한 것을 상실하고 나서야 정신이 번쩍 들게 된다. 내가 왜 이러느냐고? 나는 무엇을 위해 살았냐고 깊은 참회를 하며 반성하게 된다. 소중한 것을 더 귀하게 생각하며 혹시라도 빼앗기지 않을까 조심하며 살게 된다. 그러면서 어른이 되어가는 것이다. 마음이 다 자란 어른이 되어 가는 것이다. 나누는 것을 아끼지 않고 베푸는 것을 후회하지 않고, 작은 것에도 가진 것을 감사할 수 있게 될 때 마음이 넉넉한 다 자란 어른이 되어 있는 것이다. 단 한 번을 만났음에도 "그 사람 느낌이 참 좋다."는 생각을 갖게 만든다. 어디서 어떤 일을 하든 진심으로 최선을 다하는 사람에게는 그 사람 특유의 향기가 있다. '좋은 향기' 그 향기가 사람을 그에게로 모으는 것이다. 사람을 모으는 힘을 가진 사람이 가장 행복한 사람 아닐까. 결국 행복은 부모가 자식에게 가져다주는 것이 아니라 스스로 만들어 가는 새로운 창조일 뿐이다. 행복은 보이는 것이 아니라 느낌이고 향기이니까.

미국에서 있었던 이야기다. 미국의 상원의원이었던 리처드 뉴버거(Richard Nubregre)는 암으로 죽기 바로 직전에, 자신에게 생긴 변화에 대해 이렇게 말했다. "역행할 수 없는 변화가 나에게 찾아왔다. 지금 나에게는 상원의원이란 명예와 성공에 대한 질문 자체가 모두 무의미하다. 암에 걸렸다는 사실을 알았을 때, 처음 몇 시간 동안 나는 상원의원 자리, 은행계좌, 세상의 권위에 대해 생각하지 않았다. 그 대신 나는 내가 병을 얻기 전에 당연하게 생각했던 것들, 즉 친구들과 함께 맛있는 점심을 먹는 것, 침실 램프 아래 조용히 책을 읽는 것들을 생각했다. 케이크 한 조각에 오렌지 주스 한 잔을 마시기 위해 냉장고를 여는 것 등에 대한 고마움이 생겼다. 그동안 너무 바빠 먹고 즐기는 것에도 의미를 두지 않았는데, 생애 처음으로 나는 인생의 참 의미를 맛보고 있다고 생각했다." 그렇다. 행복은 대단한 것이 아니다. 사랑하는 가족과의 따뜻한 식사 한 끼, 친한 친구와의 술 한잔, 이웃과 나누는 커피 한잔이 소소하지만 감동을 주는 행복이다. 지금 고난을 겪고 있거나 혹은 영광의 날을 그리워한다 해도 이 순간을 즐기듯 최선을 다하자. 물론 모든 것은 다 지나간다는 것을 기억하면서……. 행복은 우연으로 시작해서 우연으로 끝날 수가 있다. 행복은 창조하는 것이다. 행복을 간절히 바라면서도 노력해서 얻으려 하지 않고 누가 가져다 주기만을 기다린다면 우연으로 끝나 버린다. 행복은 준비하고 노력하며 스스로 창조하는 것이기 때문이다. 또 방심하면 달아나는 것도 행복이다. 지금 행복이 찾아왔더라도 잠시 한눈판 사이에 날아가 버린다. 행복은 움직이는 생물체다. 행복을 많이 만나기 위해서는 도전을 멈추지 않아야 한다. 행복은 희망이고 가능성이고 새로운 세계로 들어가는 모험이다. 나의 행복, 꽃가마를 탈까, 가시밭길을 걸을까, 그에 대한 마스터 키는 자신에게 있음을 잊지 말자.

≋

포기하지 않으면 시간은 충분하다.

자꾸 실패한다고 너무 일찍 생(life)을 정리하지 마라.

견딜 수 없을 만큼 힘들거든 잠시 떠나라.

하얗게 부서지는 파도 소리를 들으며 두 팔로 바다를 품어라.

머뭇거리며 웅크리고 앉아 있기에는 시간이 너무 길다.

절망하며 한탄하기에도 너무 긴 시간이다.

당당히 일어나라.

세상에게 묻지 말고 스스로에게 물어라.

내 행복이 어디 있냐고.

정답을 알고 있는 사람은 자신뿐이다.

삶의 물음에 답하면서 스스로 만들어 가라.

행복을.

생각한 대로 살지 않으면
사는 대로 생각하게 된다

나이가 들수록 몸이 늙어가듯 생각도 느리게 움직이고 늙어간다는 것을 느낀다. 마흔 전까지는 몸도 마음도 손발이 척척 맞을 만큼 빠르게 움직이고 실수도 많지 않았다. 반평생을 살고난 지금은 습관처럼 매일 하던 일도 더디게 진행된다. 또 생각과 행동이 어긋날 때가 많아 커피 잔을 쏟기도 하고 작은 턱에도 부딪치거나 넘어질 때가 있다. 마음은 바빠 몸을 빨리 움직이지만 집안일은 속도가 붙지 않는다. 여전히 마음은 이십 대를 갈망하지만 반평생 사용한 몸이 따라주지 않는다. 오늘처럼 누군가를 만나기로 약속한 날은 특히 그렇다. 집안 정리를 대충하고 나와야 느긋하게 여백을 즐길 수가 있기 때문이다. 서둘러 나와 버스정류장 쪽으로 가기 위해 빨간 신호등 앞에 멈춰 섰다. 무엇이 그리 바쁜 건지, 지나가는 차가 없자, 중년의 아주머니 두 사람이 빨간 불임에도 건너가고 있었다. 원칙을 중요하게 여기는 나는 신호등을 무시하고 건너가는 행위에 부정적이다. 살면서 무단 횡단한 적이 거의 없다. 어쩌면 생각과 행동도 느리고 단순한 탓도 있을 거다.

마을버스가 도착하자 미소를 머금고 교통카드를 단말기에 찍고 나서 뒤쪽 창가 지리에 앉았다. 버스 밖의 풍경은 다채롭다. 테이크 아웃 커피를 마시며 편안히 웃으면서 걸어가는 사람, 땅에 떨어진 파일 뭉치를 주우며 급하게 버스에 오르는 사람, 리어카를 끌며 폐지를 줍는 노인, 저마다 소리 없이 흘러가는 시간 속에서 삶의 조각들을 이어 나가고 있다. 그 모든 살아 움직이는 풍경 속에 나 역시 사람과의 만남에서 일어날 일들을 상상하며 오늘도 삶의 조각을 이어가고 있다. 삼청동으로 가는 버스를 탈 때에는 즐겁다. 이유는 내가 좋아하는 담쟁이로 휘둘려진 카페를 지나가기 때문이다. 도종환 시인의 시에도 나오는 것처럼 "저것은 벽 어쩔 수 없는 벽이라고 우리가 느낄 때 그때 담쟁이는 말없이 그 벽을 오른다 잎 하나는 담쟁이 잎 수천 개를 이끌고 결국 그 벽을 넘는다." 절망이라 부르고도 보란 듯이 봄에는 잎을 주렁주렁 달고 여름에는 굵은 가지가 위를 향해 쭉쭉 뻗는다. 가을이 오면 주홍 색깔로 전신을 곱게 물들이고, 겨울이 오면 다 내어 주듯 털어내고 앙상한 가지만 남는다.

담쟁이를 생각하면 삶의 사계를 보는 느낌이다. 담쟁이처럼 살겠노라 다짐하면서도 막상 돌아보면 생각처럼 행동처럼 결과가 맘에 흡족한 적이 많지 않지만 내 삶의 롤모델이 담쟁이라는 것만으로도 힘이 되고 위안이된다. 여전히 나는 붉게 물들여야 하는 씨앗을 갖고 있으니까. 그 생각만 해도 위로가 되고 기분이 좋다. 담쟁이를 생각하며 생각의 주머니를 펼쳐 놓은 사이, 버스는 목적지인 인사동에 도착했다. 유난히 낯가림이 심한 나지만 처음 마주한 월간지 기자를 만나는데도 편안했다. 아마도 실현 가능한 희망(목적어)이 있기 때문이리라. 프랑스 시인 폴 발레리가 한 말처럼 "생각한 대로 살지 않으면 사는 대로 생각하게 된다."라는 뼈 있는 말을 되짚어 보지 않을 수가 없다. 반듯하고 눈높이에 맞는 생각이 내 몸을 춤추게 하니까. 내 몸이 신나게 춤을 춰야 나쁜 운명도 바뀌게 될 테니까. 물론 '헤밍웨이의 〈노인과 바다〉에서 큰 고기 한 마리를 잡기 위해 투쟁하고 인내하는 노인이 현재의 나'라는 생각을 갖게 되기까지 많은 세월이 흘렀다. 바다 한가운데서 외로움 과 절대 고독에 맞서면서도 희망을 잃지 않는 노인의 삶처럼, "인간은 죽을 수는 있지만 패배하지는 않는다."는 노인의 말처럼 불굴의 의지를 가져야 한 다. 생각이 약하면 의지가 약하게 되고, 의지가 약하면 도전을 하지 않게 되 고, 도전하지 않으면 현재보다 좋아지지 않으리니. 좋은 생각, 현명한 실천 이 반듯한 습관을 만들고 반듯한 습관이 익숙해지면 좋은 인격이 되어 나쁜 운명도 바꿀 수 있으리라. 분수에 맞는 생각이 현명한 실천을 이끌어 담쟁이 처럼 넘지 못할 벽도 넘어서 자신을 아름답고 화려하게 물들이리라. 무엇을 하든 목적어를 포기하지 말자. "생각한 대로 살지 않으면 사는 대로 생각하 게 된다."는 폴 발레리의 말을 명심하며 결코 후회 없이 살자.

아무것도 하지 않으면
아무런 문제도 생기지 않는다.
대신 아무것도 이룰 수 없다.

욕망에 휘둘리지 마라.
욕망을 잘 쓰고 다스려라.
욕망을 넘어서라.
그 너머에 행복이 있다.

삶의 이유가 되고
죽음의 이유가 되는 것

얼마 전 미국 사회에 큰 화젯거리로 떠올랐던 '부자병(affluenza)'에 대한 뉴스가 있다. 16세 소년의 이야기인데, 이 소년은 3년 전 만취 상태에서 차를 몰다 무고한 시민 4명을 희생시켰는데도 지난해 12월 고작 보호관찰 10년이란 판결을 받고 풀려나 미국 사회에 엄청난 충격을 던진 바 있다. 이 소년이 그런 짓을 저지른 원인은 "부유한 가정에 태어난 탓에 절제할 줄 모르고 타인의 삶에 대한 존중이 부족해 생긴 '부자병' 때문"이라는 게 변호인의 주장이었는데, 이를 판사가 받아들인 것이다. 당시 상식을 뛰어넘는 어처구니없는 판결에 공분한 대다수 미국인이 마침내 안도의 한숨을 쉴 수 있게 됐다. 보호관찰 규정을 어기고 지난해 12월 모친과 함께 멕시코로 도피했다가 올 1월 미국으로 압송된 범인 이선 카우치가 마침내 2년이라는 실형을 선고받았기 때문이다.

부자병은 무엇일까? 가난한 사람에겐 부러움의 대상일 수도 있지만 부자병은 풍요로워질수록 더 많은 것을 추구하는 과소비 중독 증상으로 어플루언트(affluent, 부유한)와 인플루엔자(influenza, 유행성독감)의 합성어다. 부유해지기 위해서 더 많은 것을 추구하다 보니 과중한 업무와 빚, 근심 걱정과 낭비 풍조 등 여러 증상을 동반하게 되는데, 이러한 증상이 어플루엔자,

즉 부자병이라고 한다. 부자병에 걸리면 무력감과 스트레스, 무엇에 빠지면 중독에 가까울 정도로 집착을 하게 되고 감정 통제 불능의 상태를 보인다. 한 부자의 이야기를 보자. 지독히도 공부를 하지 않는 외동아들에게 참다못한 아버지가 공부 좀 하라고 다그쳤다. 아들은 이상하다는 듯이 물었다. "공부는 왜 하는데요?" 아버지는 타이르듯 대답했다. "그야, 나중에 너 잘되라고 하라는 거지." 아들이 귀찮은 듯 말했다. "공부할 필요가 없잖아요. 우리 집에 돈이 이렇게 많은데 뭐 하러 공부해요? 이거 다 제가 물려받을 건데요." 화가 난 아버지는 하나뿐인 아들이니 전 재산을 상속받는다는 말이 틀린 것도 아니어서 순간 말문이 막혔다.

'가난하면 꿈도 가난해진다'는 말이 있다. 그러나 아무리 가난하더라도 가난에 무릎 꿇지는 마라. 사실 지나친 풍요도 문제가 되지만 결핍은 더 큰 고통으로 다가온다. 물질적으로 겉으로 드러나는 결핍도 있지만 바깥으로 드러나지 않는 결핍도 있다. 나 역시 결핍이라는 장애를 앓으며 오래도록 은둔형 외톨이로 생활하고 있다. 작가의 길로 들어오면서 시작되었지만 지금은 익숙해져 적응이 되었다. 결핍이 장애라고 생각할 만큼 성격이 되어 버렸다. 물론 바꿔 볼까 생각하며 노력도 해보았지만 바꾸려 할수록 스트레스가 심해 이제는 은둔형 작가라는 별명을 인정하며 친구처럼 가까이 지내고 있다. 어쩌면 은둔형 외톨이의 삶이 나를 전업 작가로 살게 하고 있는지도 모른다. 밥을 먹게 해주고, 잠을 재워 주고, 마음이 이끄는 곳으로 나를 데려다주니까. 그렇게 보면 결핍이 사는 이유가 되는 것이다. 결핍에서 벗어나기 위해 애쓰는 사람도 있고, 나처럼 결핍을 승화시켜 생활로 이어가는 사람도 있으니까. 직장 생활 하는 사람에게 은둔형 외톨이는 치명적일 수 있지만 글 쓰는 작가로 산다면 은둔형 외톨이는 나쁘지가 않다. 물론 사람들은 결핍이 심해 스트레스가 되면 술로, 취미로 다양하게 풀어 나간다. 나 역시 결핍이 극대화되면 글로 토해 낸다. 지나치게 슬픈 글이 되거나 지나치게 포장된 어휘가 많은 텍스트는 한동안 결핍이 심해 스트레스를 많이 받았다고 생각할 수 있다.

아무튼 결핍을 잘 다스리면 한 계단 올라설 수 있는 발판이 된다. 위기의 순간이 기회란 말이 있듯이 결핍 속 한 줌의 풍요를 찾는 것이 풍요로 가는 징검다리가 된다. 언젠가 아침 방송에서 유명한 사진작가가 지독한 결핍이 자신을 유명한 사진작가로 만들었다는 이야기를 들은 적이 있다. 사진 학과를 다녔는데 카메라 살 돈이 없어 카메라 없이 학교를 다녔다고 했다. 다른 친구들은 카메라로 순간 포착을 하지만 그는 카메라가 없으니, 사물을 더 자세하게 관찰하게 되었다고 했다. 사진작가에게는 순간적 포착력, 세밀한 관찰력이 최고의 작품을 탄생하게 하니까. 그에게는 카메라가 없는 그 하나의 이유가 집중과 끈기, 성실과 열정, 그리고 기어코 해내겠다는 집념의 선물을 안겨준 것이다. 그를 지탱해준 힘은 결핍이었다. 결핍을 극복하면 풍요가 찾아오고 결핍을 극복하지 못하면 결핍 너머의 또 다른 결핍, 좌절과 고통의 쓰나미가 덮친다. 결핍을 잘 다스리면 약이 되지만 방치해 두면 독이 된다. 무엇이든 넘치는 것을 주체하지 못하면 병이 된다. 많이 부족하더라도 태어난 곳으로 돌아가 알을 낳는 연어처럼 목적어에 대한 확신을 갖고 모자란 것을 하나둘씩 성실하게 채워 가면 된다. '결핍'도 어떻게 받아들여 행동하느냐에 따라 누구에게는 삶의 이유가 되고, 누구에게는 죽음의 이유가 된다.

눈의 저울에 달고 슬퍼하지 않기를.
마음의 저울에 달고 기뻐하기를.
궁핍하도록 절약하여 나를 결박할 계획 같은 것,
하지 않기를.
익숙한 습관에 의지하여 평화롭기를.
결핍이 지독하여 궁핍이 되더라도.

누구에게나
예정되어 있다

흔히 어린이와 나이든 치매 환자를 걸어 다니는 '빨간 신호등'이라고 말한다. 둘 다 스스로 행동을 제어할 수 없기 때문이다. 빨간 신호등을 보면 누구나 멈춰야 한다는 사실을 알고 있다. 급한 마음에 무작정 건너다 아찔한 순간과 마주친다. 보이지 않던 오토바이가 튀어나온다든지, 굉음을 내며 지나가는 화물차를 보게 된다든지 그 아득한 찰나의 순간 자신의 행동을 돌아보며 반성한다. "1분만 늦었더라면 어쩔 뻔 했을까." 건너고 나서 한참 동안 놀란 가슴을 쓸어내린다.

생각해보면 인생의 '푸른 신호등, 빨간 신호등'은 누구에게나 찾아온다. 나이에 상관없이 마주하게 된다. 물론 그것을 기회라고, 위기라고 말하는 사람도 있다. 분명 누구에게나 찾아오는 기회가 될 수 있다. 한평생을 살다 보면 인생에서 마주하는 기회는 너무나 많다. 다만 특별한 내 것으로 만들지 못하고 놓칠 뿐이다. 그러나 이번에 놓치면 다음에 또 온다. 버스를 놓치면 또 다른 버스가 오듯이. 얼마든지 다음이라는 기회가 생긴다. 문제는 지금 놓치면 안 될 것 같아서 손톱을 물어뜯는 조급증 때문에 급하게 서둘러버려 더 이상 건널 수 없는 빨간 신호등과 마주하게 된다. 그러곤 마치 오늘 세상이 디 끝났다는 듯이 좌절하며 주저앉게 된다. 몸과 마음이 스스로의 힘으로 제어가 안 되고 누구의 도움이 간절히 필요할 때, 그때가 바로 인생의 빨간 신호등과 마주한 순간이다. 그 순간을 잘 견뎌야 다시 평화로운 날들과 마주하게 된다. 무엇을 하든 시작도 중요하고 과정도 중요하다. 성공한 사람과 실패한 사람의 차이는 마무리를 어떻게 하느냐에 따라 달려 있다. 빨간 신호등은 생각하기에 따라 다르다. 인도의 어느 도시에 가면 빨간 신호등 옆에 영어로 'relax'(긴장을 풀어라)라고 쓴 팻말이 있다. 마음을 편안히 갖고 잠시나마 호흡을 가다듬으라는 뜻이다. 인생도 마찬가지다. 푸른 신호등에서 무한질주를 오래도록 하다 보면 넘어지고 깨진다. 그리고 몸과 마음이 고장이 나 빨간 신호등과 마주하게 된다. 그 순간 어떤 마음의 자세와 현명한 행동으로 극복하느냐에 따라 다시 달릴 수가 있다.

물을 예로 들어보자. 물은 100도에서 끓는다. 99도까지는 아무 변화도 없다가 100도에 이르면 비로소 끓는다. 단 1도의 차이가 액체에서 기체로 변하느냐 마느냐를 결정한다. 액체에서 기체, 수증기가 되어 훨훨 날아가려면 섭씨 100도를 꼭 채워야 한다. 그것을 우리는 끓는점 혹은 비등점, 임계점이라고 한다. 임계점(critical point)의 과학적 정의는 액체와 기체 상태의 두 물질이 서로 분간할 수 없게 되는 임계 상태에서의 온도와 증기압이다. 물은 팔팔 끓기 전까진 별다른 변화가 관찰되지 않는다. 하지만 100도에 이르면 기포와 함께 부글부글 끓어오른다. 액체에서 기체로 크게 변화되는 지점이 바로 임계점이다. 인생에 있어 성취의 임계점은 사람마다 조금씩 차이는 있지만 반드시 존재한다. 하지만 사람의 경우 저마다 임계점이 다르다. 어떤 한 분야에서 성공하는 데 걸리는 시간이 10년인 사람도 있고 20년인 사람도 있다. 또 그 임계점에 도달하게 하는 동력원도 다양하다. 자신의 열정과 꾸준한 노력, 투입된 시간, 집중된 에너지의 효율성에 따라 어느 한 지점에 도달하는 순간 가시적인 결과가 나타나고, 그 결과에 탄력을 받아 드넓은 바다를 항해하며 즐기는 날이 온다. 아무리 노력해도 나아지는 기미가 안 보이고 깊은 슬럼프에 빠져 좌절의 늪에서 허우적거린다면 '임계점'을, 다시 만날 푸른 신호등을 생각하며 용기를 내자. 그리고 조용히 가슴을 토닥이며 이렇게 말하자. '곧 괜찮아질 거야'라고.

또한 빨간 신호등 앞에서 파란불이 켜지기를 기다리며 침착하게 지나온 삶을 돌아보아야 한다. 삶에 있어 빨간 신호등은 누구에게나 예정되어 있다. 다만 순서만 다를 뿐이다. 대부분의 사람들은 자신에게 빨간불이 켜지면 '나에게 이런 일이?'라며 망연자실한다. 안절부절못하고 당황해하며 왜 나에게만 빨간 신호등이 걸리는지 모르겠다고 억울해한다. 정작 파란불이 켜져 마음 편안히 살 때에는 고마움의 진실을 모른다. 빨간 신호등 앞에서 파란불이 들어오길 기다리듯이, 인생의 빨간 신호등이 켜지면 인내와 끈기를 가지고 파란 신호등으로 바뀔 때까지 겸손하게 기다려야 한다. 서두르면 파란 신호등은 좀처럼 켜지지 않을지도 모르는 일이기에 열심히 노력하여 극복해야 한다. 인생이란 것은 파란불도 들어왔다가, 빨간불도 들어왔다가 하는 것이니까. 내 인생을 돌아보아도 빨간 신호등에 멈춘 적이 많았다.

그럴 때마다 나는 밀어내지 않고 내 피붙이라 여기며 끌어안았다. 그러다 보니 웬만한 어려움에도 당황하거나 두려워하지 않고 푸른 신호등으로 바뀌면 축제처럼 즐겼다. 그것이 일이든 사랑이든 간에. 반백년을 살고 보니 인생의 신호등은 내가 만드는 것임을 알게 되었다. 파란불이든 빨간불이든 그 불은 모두 나의 도전, 의지, 열정, 땀, 끈기, 인내심의 결과임을 깨달았다. 과욕을 버리고 파란불이 켜지면 켜지는 대로, 빨간불이 켜지면 켜지는 대로 순응하며 늘 고마운 마음으로 살아야 한다. 때로는 빨간불과 파란불 상관없이 무작위로 작동하는 경우가 있다. 그것을 '공사 중'이라고 표현하기도 한다. 그러나 인생의 빨간불이 켜졌을 때는 '아, 잠시 쉬어가는구나' 생각하면서 자신을 점검해야 한다. 누구나 자신의 삶을 통제하며 살아간다. 단, 그것이 자신에게 양심적이고 도덕적이어야 가치가 있다. 행동하고 말하고, 심지어 생각하는 모든 것들이 내 삶의 역사를 만들어간다. 그 역사가 대단하든 대단하지 않든 중요하지 않다. 역사 그대로 가치가 있는 거다. 자신의 능력을 충분히 발휘하고 살아간다면 어떠한 역사라도 박수를 받을 수 있다. 지금 이 순간, 삶의 무대 조명이 푸른색인지, 빨간색인지 살펴보라. 주저 없이 나아갈지, 멈추어 돌아보아야 할지 곰곰이 생각하라. 물론 행동의 선택권은 자신에게 있다는 것도 잊지 마라.

때로는 기다림이 힘이 된다.

그저 견디는 것밖에 할 수 있는 게 없어도

견디다 보면 기다리는 무엇이 오기도 한다는 걸

기다림이 알려준 진실이다.

단단한 믿음을 망가뜨리지 말라고.

팔랑거리며 멀어진다. 내 기다림은.

푸른 신호등에 서 있는가,
빨간 신호등에 서 있는가

'레드 라이트(red light)'는 말 그대로 빨간불이다. 빨간불이라고 하면 뭐가 떠오를까? 빨간 신호등? 그렇다. 빨간 신호등은 무언의 경고를 말해준다. 멈추라는 신호이다. 누구나 회사 생활 하며 좋은 인간관계 유지하느라 다들 정신없이 살아간다. 그러나 문득 무슨 일에도 의욕이 없고 관심이 없는 심드렁한 상태, 기쁘고 행복한 일이 생겨도 감동받지 않는 무덤덤한 상태, 감성의 뿌리인 감수성을 잃어버린 상태가 찾아온다. '이렇게 살아도 되는 걸까? 나한테 정말 소중한 건 무얼까?'를 곰곰이 생각하게 된다. 그때가 바로 하던 일을 잠시 멈추어야 할 때이다. 그냥 계속 나아가다간 경고의 빨간 신호등이 깜박이게 된다. 살다가 빨간 신호등을 만나게 되면 "사는 일이 재미없어. 지겨워 죽겠어, 차라리 죽고 싶어."라는 말이 수시로 나온다. 물론 성격상의 이유도 있겠지만 몸과 마음이 지쳐 쉬어야 한다는 경고의 신호이다. 빨간 신호등에 멈추었다 생각이 들면 무조건 모든 것을 멈추고 쉬어야 한다. 쉬면서 지나온 시간을 돌아보아야 한다. 살다보면 실수도 하고 성취도 하며 산다. 좋은 경험이든 나쁜 경험이든 나름대로의 깨달음이 있을 것이다. 경험을 통해 마음이 커져 가는 어른이 된다. 누구나 내 앞에 주어진 운명에 순응하거나 아니면 반항하거나, 둘 중에 하나를 선택하게 되는데 충분한 경험을 하게 되면 나름대로 현명한 선택을 할 수 있는 지혜가 생긴다. 물론 어떤 일을 성공하든 실패하든 간에 후회는 남는다. 다만 스스로가 정한 삶의 질서를 정직하게 지키며 살아야 실수도 후회도 적다. 철학자 토마스 홉스는 법과 위엄이 없는 사회에서의 인생을 "짧고, 불쾌하며, 미개하며 빈곤하다"고 했다. 이 말을 끝으로 존재되어야 하는 수식어는 과연 무엇일까. 나는 이 뒷말에 "그럼에도", "그럼에도 불구하고"라는 접속어를 입히고 싶다. 그래야 스스로 정직하게 부끄러움 없이, 빨간불이 켜져도 순응하고 긍정적으로 받아들이며 살게 될 테니까.

물론 빨간불이 켜졌을 때에는 무작정 건너가지 말고 멈추어 서서 자신의 현실을 제대로 파악하고 현명하게 대처해야 한다. 그래야 푸른 신호등을 빨리 만날 수가 있다. 나로 얘기하자면 참 오래도록 굴곡진 삶을 살아왔다. 수시로 찾아오는 내 인생의 갈림길에서 많은 방황을 했다. 지금도 그 굴곡진 삶의 과정에 있지만 그것을 밀어내지 않고 나를 찾아온 손님이라 생각하며 즐기면서 살아가니, 결핍 때문에 힘들 때도 많지만 마음은 도리어 편안하다. 마음이 편안하니 무엇이든 감사하는 마음이 생긴다. 감사하며 살아가니 보이는 세상이 아름답다. 한때는 빨간 신호등인 줄 알면서도 무단 횡단을 해서 큰 것을 잃기도 했다. 하나를 갖기 위해 내 전부를 걸었던 적도 있다. 그러면서 깨달은 것은 내 전부를 걸어도 내 힘으로 안 되는 일은 반드시 있다는 것이다. "그럼에도 불구하고" 아무것도 얻지 못하고 다 잃었다는 생각이 들어도 좌절하거나 포기해서는 안 된다. 기회는 반드시 또 찾아올 테니까.

다만 다시 도전해야 기회는 주어진다는 사실을 깨달아야 한다. 가만히 앉아 있으면 기회는 나를 피해 다른 곳으로 이동한다는 사실을 결코 잊어서는 안 된다. 다시 기회라고 생각이 들면 최선을 다하면 된다. 비록 최선을 다해도 원하는 목적어를 얻지 못했다면 다음에 찾아올 또 다른 기회에 또 다른 목적어를 얻게 될 것이다.

인생은 그런 거다. 제멋대로 브레이크가 작동할 때가 있다. 그리고 빨간 신호등에 걸렸다고 짜증내서는 안 된다. 분명 기다리면 푸른 신호등은 다시 켜진다. 어떻게 굴곡진 인생에 가는 길마다 푸른 신호등만 켜지겠는가. 푸른 신호등이 켜지면 켜지는 대로, 빨간 신호등이 켜지면 켜지는 대로 순응할 줄도 알아야 한다. 빨간불에 '순응'하지 않으면 사고가 날 수 있고, 사고가 나면 돌이킬 수 없을 만큼 인생이 크게 망가진다. '순응'하면서 왜 내 인생에 빨간불이 많이 켜지며 파란불은 왜 적게 켜지는지 그 깊은 뜻을 찾아내면 된다. 그래야 안전하고 가치 있는 길로 들어서게 된다. 그대, 지금 죽도록 힘이 드는가, 그래서 지금 빨간 신호등에 멈췄다고 생각이 드는가! 그렇다면 주변 탓, 남 탓하기 전에 왔던 길을 냉정하게 살펴보자. 무엇이 잘못인지 찾아내어 속도를 줄이더라도 정확한 방향을 찾아내어 조금씩 변화를 주자. 그것이 푸른 신호등을 만나는 가장 빠른 방법이다.

살다보면, 많은 것들이 내가 기대하는 것과 다른 방향으로 흘러간다.

인기 있는 개그 코너에서 말했던 것처럼 "내 맘 같지 않네" 그것이 인생이다. 인생에도 '때와 기회'가 있다. 가장 좋은 시기와 기회를 잡는다면 원하는 것을 이룰 수가 있다. 물건과 마찬가지로 인생에는 유통기한과 같은 시점이 있다. 날 때와 죽을 때, 심을 때와 거둘 때, 웃을 때와 울 때가 있고, 일을 시작할 때와 끝마칠 때가 있다. 그리고 무엇을 하든 제약이 따른다. 인생을 운전에 비교해도 좋을 듯하다. 차를 운전할 때에 지켜야 할 것이 많다. 빨간 신호등, '공사 중'이라는 팻말, 과속 방지 턱, 속도 제한, 감시 카메라, 경찰이 숨어서 속도를 측정하는 것 등의 제한 조치를 지켜야 한다. 그래서 삶은 기이하다고 말하는 것이다. 어떤 일이 잘되어 나간다고 해서, 모든 것이 순조롭게 되지는 않는다. 돈은 모았으나 가정생활에는 펑크가 날 수 있고, 세상에서는 성공했다고 모두가 인정하나 인간관계가 좋지 않다는 평을 듣는 사람도 있다. 건강하던 자의 몸에 큰 병이 생길 수도 있다. 이 모두는 '때와 기회'에서 만나는 운명적인 것이다. 이것을 놓친다는 것은 행운이 불운으로 변하는 것과 같은 말이다. 시점과 기회를 잘 잡아야 한다.

누구에게나 인생이 빨간 신호등 어느 한 자락쯤에 걸려 있는 듯한 느낌이 들 때가 있다. 삶의 길섶을 운전하다 보면 내 시야에 보이는 저 멀리까지 빨갛게 물든 신호등처럼 오래도록 고장 난 브레이크에 작동이 제멋대로일 때가 있다. 불안감, 초조함과 짜증남에 억울하다는 생각이 들 때가 있다. 답답하리만치 멈추고, 진행되는 것 하나 없이 답보적인 상태, 그래서 좌절하고, 어느 방향으로 나아가야 조금이라도 이 시기를 벗어날까 두리번거리다 결국은 가만히 있는 것보다 못할 만큼 자신이 한없이 작아지고, 이러한 상태가 영원히 지속될 것만 같은 절망감에 빠져들 때가 있다. 그럼에도 불구하고 이 세상에 영원한 빨간 신호등, 영원한 푸른 신호등은 존재하지 않는다. 물론, 운수 나쁜 날이 계속되어 오래도록 빨간 신호등 아래 머물러야 할 때가 있겠지만, 그럼에도 앞으로 나아갈 수 있는 이유는 푸른 신호등을 만나야 한다는 희망이 있기 때문이다.

삶은 신호등이 있는 도로를 걸어가는 것처럼 계속 쉬지 않고 걸어갈 수는 없다. 걷다가 잠시 쉬고 또다시 걷기를 반복하는 파란불과 빨간불의 조화로 이루어진다. 빨간불이 켜져도 뒤돌아 가지 않는다면 언젠가는 목적지에 도착하게 된다. 빨간 신호등 앞에서 잠시 쉬면서 푸른 신호등이 켜질 때까지 기다리는 인내심도 길어야 한다. 급한 마음에 신호를 무시하고 갈 때가 있지만 급할수록 돌아가라는 말처럼 견디는 훈련도 해야 한다. 인생은 흐름이 있는 상태의 변화이다. 그것은 나뿐 아니라 이 세상을 살아가는 누구에게나 적용되는 것이다. 다만, 누군가에게는 항상 푸른 신호등만 켜져 있는 것처럼 보인다면, 그건 아마 그것을 받아들이는 이의 여유로운 대처에서 비롯된 것이라 생각하라. 나에게 당장 빨간 신호등이 켜졌다면 정지해야만 하는 순간의 멈춤을 조급해하거나, 시간을 뺏긴 것처럼 생각하지 말고 앞으로 한 걸음 더 나아가기 위한 삼시만의 쉼이라 생각하라. 인생의 신호등은 파랑이든 빨강이든, 그것을 받아들이는 자의 마음에 달려있음을 명심하자. 그대, 지금 푸른 신호등에 서 있는가, 빨간 신호등에 서 있는가. 푸른 신호등이라고 자만하지 말고 빨간 신호등이라고 좌절하지 마라. 신호등은 바뀌게 되어 있다. 기억하라. 인생은 '여기'까지가 아니라 '여기'부터 '저기'까지 쭉 계속되는 것임을.

푸른 신호등에 마음이 기운다.

문득 그리움이 쏟아진다.

나를 받아줄 사람이 있다면.

얼마나 좋을까.

어떻게
숨통을 조여 오는
스트레스에서
벗어날까

　　　　　　　　　　　마감을 지키기 위해 너무 무리하게 책상 앞에 오래 앉아 작업을 한 탓일까. 목 디스크에 편두통에 족저근막염에, 온몸이 말이 아니다. 결국 온몸의 사방팔방에서 빨간 경고음이 울린다. 몸은 약으로 어떻게든 버티겠다만 마음까지 피로가 누적되다 보니 황폐하기 그지없다. 몸과 마음의 주인인 내가 나를 마음대로 통제하지 못하니 작은 일에도 짜증이 나고 울적하다. 스트레스가 극에 달했나 보다. 마감 시한이 임박하면 늘 찾아오는 스트레스는 나에게는 익숙하지만 불편한 친구이다. 스트레스는 무엇일까? 스트레스는 풀지 못한 욕망이다. 그 풀지 못하고 불완전하게 연소된 감정의 찌꺼기가 갈 곳을 잃어 내 안에서 방황하며 이리저리 돌아다닌다. 위험한 암 덩어리처럼 말이다. 행복해지려면 스트레스를 몸속에 쌓아 두지 말아야 하지만 그것이 쉽지가 않다. 바로바로 털어버려야 하지만 마음대로 되질 않는다. 어떻게 하면 스트레스에서 벗어날 수 있을까? 내 경험으로는 스트레스가 쌓이면 세 곳이 아프다. 머리와 가슴과 배인데 머리에 스트레스가 쌓이면 머리가 지끈지끈하고 머릿속이 윙윙거리며 무겁다. 가슴에 스트레스가 쌓이면 답답하고 숨이 꽉꽉 막히고 기운이 없어진다. 배에 스트레스가 쌓이면 속이 더부룩하고 입맛이 없고 소화가 안 된다.

이렇듯 지금 골치 아프고, 가슴 답답하고, 속이 더부룩하다면, 숨통을 조여 오는 스트레스에서 벗어나고 싶다면, 그렇다면 그것은 스트레스를 받고 있다는 증거다. 골치 아픈 지방 덩어리들처럼 착 달라붙어 좀처럼 떨어지지 않는 이 스트레스를 어떻게 떨쳐내야 할까? 정말 단순하다. 요란 법석을 떨며 복잡하게 찾아온 스트레스를 천천히 먼지 털듯 털어내면 된다. '말이야 쉽지' 하고 콧방귀 뀔 수도 있지만 밑져야 본전이고 이것은 숙제 따위가 아니기 때문에 시도만 하더라도 한결 개운해지는 마음이 들 것이다. 일단 머릿속을 가볍게 하면 된다. 필요 없는 잡생각, 고민거리, 일어나지 않을 걱정들을 털어내면 된다. 가슴에 쌓인 스트레스는 가슴 깊숙이 자리 잡은 헛된 욕망의 찌꺼기들이다. 그러니 긁어 떼어내야 한다. 그대로 방치하면 숨을 쉬지 못하게 된다. 배에 쌓인 스트레스는 운동을 하여 뱃속을 경쾌하게 해주는 것도 방법이다. 들숨 날숨을 해가며 뱃속이 가벼워질 때까지 걷고 뛰어라. 스트레스가 사라지는 징후는 웃음이다. 짜증이 미소로 바뀌면 스트레스가 사라졌다는 거다.

스트레스 밀어내기는 얼마나 해야 할까? 몸에 느낌이 올 때까지 한다. 즉 머리가 개운할 때까지, 가슴이 시원할 때까지, 뱃속이 후련할 때까지. 물론 말처럼 쉽지는 않다. 헛된 욕망과 불완전 연소된 감정의 찌꺼기, 이리저리 휘둘리는 정보가 내 안에 너무 많기 때문이다. 깊숙이 저장된 스트레스로 온몸 구석구석, 세포 하나하나가 모두 심하게 녹슬었기 때문에 스트레스를 털어내기란 쉽지가 않다. 그럼에도 불구하고 편안하게 살려면 주기적으로 스트레스를 날려버려야 내 마음에게도 내 몸에게도 조금이나마 힐링이 되지 않을까. 그러니 사라질 때까지 끊임없이 몸을 움직이고 마음을 새로움으로 채워야 한다. 몸과 마음이 깨끗이 정화될 때까지 깨끗한 공기, 순수한 마음으로 돌아가야 한다. 반복해서 노력하다 보면 어느 순간 느낌이 온다. 온몸의 세포가 마침내 닫힌 문을 활짝 열고 그 문으로 털린 스트레스, 땀에 녹은 스트레스, 열기에 연소된 스트레스가 밖으로 날아간다. 그리고 세포들이 기뻐서 춤을 춘다. 깨끗해진 세포들이 환하게 웃는다. 그때가 스트레스에서 해방된 가장 편안한 나를 만나는 순간이다.

비에 젖는 것을 두려워 마라.

젖고 또 젖어라.

눈물인지 빗물인지 가늠하기 힘든 때까지……

푸욱 젖도록 가만있으라. 더 젖을 것이 없을 때까지……

지쳐 떠날 때까지 내버려둬라.

다 지나가게 되어 있다.

성장으로의 비등점은
무엇일까?

작업을 하다가 잠깐 쉬려고 TV를 켰다. 지상파 방송에서 한 남자의 성공스토리에 대한 다큐멘터리를 하고 있었다. 30대 후반의 이 남자는 대기업에 다니다가 적성에 맞지 않는다는 이유로 직장을 그만두고 퇴직금 전부를 털어 카페를 차렸다. 그런데 일 년도 못가 문을 닫고 말았다. 그러나 그는 낙심도 잠시, 다시 도전하기로 결심하고 이번에는 잡화점을 차렸다. 하지만 이 역시도 얼마 가지 않아 문을 닫고 말았다. 퇴직금, 집 전부를 날린 그는 마지막이라 생각하고 주변의 도움을 받아 한정식집을 차렸다. 이번에는 장사가 잘 되어 빚도 다 갚고 남을 정도로 큰돈을 벌었다. 그렇게 성공 궤도에 있던 그는 이런 말을 했다. "진즉에 식당을 했더라면……" 하는 후회의 짧막한 문장을 말이다.

과연 그가 처음부터 식당을 했더라면 그렇게 큰돈을 벌 수 있었을까? 내 생각에는 대기업에 다닐 정도면 자존감이 대단할 것이고, 크고 작은 실패가 자존감에 상처를 주었기에 오기가 생겨 마지막 도전이라 여기며 오뚝이처럼 일어난 것이라 생각한다. 그가 성공한 주인공이 되기까지 여러 장사를 하며 깨달은 지혜가 현재의 성공으로 만든 것이다. 피땀 어린 노력과 열정이 현재의 그를 만들었다. 몇 번의 실패와 좌절도 그에게는 가치 있는 경험이

된 것이다. 젖 먹던 마지막 1%의 힘까지 아낌없이 쏟았기에 성공할 수 있었다. 무엇이든 보이는 한 면만을 보고 쉽게 생각해서는 안 된다.

사람이 태어나 성장해서 성공으로 가는 것은 어쩌면 나무의 일생과 비슷하다. 나무가 잘 자라기 위해서는 적당한 햇빛과 양분이 어우러져야 한다. 그리고 중요한 것은 일정한 '기다림의 시간'을 스스로 견뎌내야 한다. 잎이 녹아내릴 듯한 지독한 더위도, 줄기가 얼어 터져 갈라질 정도의 혹독한 추위도 이겨내야 한다. 그래야 탐스런 열매를 주렁주렁 달면서 자신만의 고운 나이테도 갖게 된다. 무엇이든 속성으로 '빨리빨리'에 젖어 살아가면 탈이 난다. 물론 알게 모르게 빨리 성장하는 비법도 있을 것이다. 길거리 담벼락에 붙은 '1개월에 10킬로그램 감량'이라는 문구도 있지만 쉽게 얻어지는 것은 쉽게 나가게 마련이다. 설사 한 달에 10킬로그램을 뺐을지라도 그 상태를 유지하기는 너무나 어렵다. 또다시 찔 확률은 언제든 있다. 무엇을 하든 일정한 시간이 필요하다. 한 가지 일을, 적어도 10년을 해보고 나서 갈림길이라 생각되고 도저히 계속하기 어렵단 확신이 들면 그때 포기해도 늦지 않다. "만족은 자신의 마음이 주위 환경에 지배되지 않는 데서 생긴다"는 말이 있다. 뒤집어 생각해보면 내 마음이 주변 환경에 휘둘릴 때 언제나 불평과 불만족으로 살게 된다는 것이다. '빨리빨리'라는 조급함을 밀어내고 조금 더 먼 미래를 내다보자. "믿음을 가진 1명은 흥미만 있는 99명과 맞먹는다"라는 말이 있다. 어떤 일에 대해서 믿음을 가진 사람의 힘이 그만큼 막강하다는 것을 뜻한다. 무엇을 하든 확신을 갖고 꾸준히 몰입하다 보면 더 큰 행복과 마주하는 마법의 주인공이 될 수 있다. 1%의 마지막 힘까지 쏟아부어 몰입하자. 99도의 물이 1도가 부족해 끓지 못하다가도 1도의 열을 가하는 순간 액체가 기체가 되어 비상하는 것처럼. 성장, 성공의 비등점은 마지막 1%라는 것을 잊지 말자.

어제의 실패도 잊고
내일의 기대도 잊고
바로 오늘 지금
한바탕 크게 웃자.

새옹지마(塞翁之馬)

옛날, 세 친구가 있었다. 셋은 모두 한 집안의 가장들이었지만 너무도 가난하여 하루하루 입에 풀칠하기도 버거웠다. "무슨 수를 써야지, 이러다간 굶어 죽겠어.", "땅이 없으니 농사를 지을 수도 없고, 배운 것이 없으니 과거를 볼 수도 없고……. 나 원 참.", "밑천이라도 있으면 장사를 해볼 텐데." 가진 것 하나 없는 세 친구가 그렇게 백날 궁리를 해봐야 말짱 헛일이었다. 속수무책이던 차에 세 친구는 우연히 어느 산에 가면 산삼이 많다는 말을 들었다. 셋은 의기투합하여 단단히 각오를 한 뒤 그 산속으로 들어갔다.

소문은 거짓이 아니었다. 산속을 돌아다니면서 세 명 모두 산삼을 몇 뿌리씩 캘 수 있었다. 산삼을 팔아 돈을 벌고 그것으로 모처럼 가족과 함께 배불리 먹을 생각을 하니 세 친구의 표정이 박꽃처럼 환해졌다. 그러나 그 행운이 바로 사달이었다. 두 친구가 서로 짜고 한 친구의 몫을 가로챌 궁리를 한 것이다. 둘은 한 친구의 산삼을 빼앗은 뒤 그를 낭떠러지 밑으로 밀쳐냈다. 낭떠러지로 떨어진 친구는 간신히 나뭇가지에 걸려 살아나긴 했지만 도무지 위로 올라갈 방법이 없었다. 고개를 들어 까마득해 보이는 곳을 올려다보는 순간 위에서는 난데없이 호랑이가 나타나 자신의 산삼을 빼앗은 두 친구를 잡아먹었다. 그는 정신을 바짝 차리고는 어떻게든 살아야겠다고 생각했다. 주위를 둘러보니 사방에 널린 것이 산삼이었다. 그는 산삼을 캐서 먹거나 작은 짐승들을 잡아먹으며 그곳에서 5년을 지냈다. 고생이 심하기는 했지만 산삼을 끼니마다 먹어서인지 힘이 부쩍 세졌다. 게다가 어느새 칡넝쿨이 절벽 위로 뻗어 올라 그것을 잡고 위로 올라갈 수 있게 되었다. 그는 낭떠러지 아래서 캔 산삼을 등에 지고 5년 만에 집으로 돌아갔다. 죽은 줄 알았던 가장이 돌아온 것만으로도 기쁜데 산삼을 한가득 들고 왔으니 집에서는 가족들의 환호성이 울렸다. "여보, 우리는 당신이 죽은 줄만 알았어요. 그런데 함께 산에 갔던 다른 친구들은 어떻게 됐어요?" 아내의 물음에 그가 답했다. "음, 불행하게도 호랑이에게 잡아먹혔어. 이 산삼을 그 친구들 집에도 좀 나눠 줍시다." 그는 두 친구의 몫까지 챙겨 주고도 넉넉한 부자로 한평생 잘 살았다고 한다.

이 이야기를 읽으면서 스쳐지나가는 옛말이 있다. 새옹지마(塞翁之馬). '변방에 사는 노인의 말'이라는 뜻인데, 세상만사는 변화가 많아 어느 것이 '화'가 되고, 어느 것이 '복'이 될지 예측하기 어려워 재앙도 슬퍼할 게 못되고 복도 기뻐할 것이 아님을 이르는 말이다. 이 말의 유래는 중국으로 넘어간다. 중국 변방에 한 노인이 살고 있었다. 어느 날, 이 노인의 말이 달아났다. 마을 사람들이 위로하자 노인은 "오히려 복이 될지 누가 알겠소."라고 말했다. 몇 달이 지난 어느 날 그 말이 준마와 함께 돌아오자 마을 사람들이 축하했다. 노인은 "도리어 화가 되는지 누가 알겠소."라고 했다. 말 타기를 좋아하는 노인의 아들이 그 준마를 타다가 떨어져 다리가 부러졌다. 마을 사람들이 위로하자 노인은 "이것이 또 복이 될지 누가 알겠소"라며 태연하게 받아들였다. 1년이 지난 어느 날 마을 젊은이들은 전쟁터로 불려 나가 대부분 죽었다. 노인의 아들은 말에서 떨어져 장애인이 됐기 때문에 전쟁에 나가지 않아 죽음을 면하게 됐다.는 이야기다.

살다보면 우리는 이익을 위해서든, 평화를 위해서든 속임을 당하거나 어쩔 수 없이 속이는 거짓말을 주고받을 때가 있다. 어떤 이유에서든 속이는 행위는 분명 잘못된 행동이지만 뒤돌아보면 상대방의 거짓말이 나에게 행운을 가져다줄 때도 있다. 세 친구에 대한 이야기 역시 친구의 배신으로 낭떠러지에 떨어졌지만 덕분에 호랑이의 밥이 되는 신세를 면할 수 있었다.

살다보면 무엇이 행운이고 무엇이 불행인지는 지금 당장 판단할 수 없을 때가 많다. 그리고 좋은 일이 생겼다고 마냥 웃어서는 안 된다. 언제 나쁜 일이 벌어질지 알 수 없기 때문이다. 어떤 일이 벌어지든 간에 너무 기뻐하거나 슬퍼하지 말고 차분하게 내일을 준비해야 한다. 지금의 작은 불행이 때로는 큰 불행을 막는 징검다리가 되기도 하고, 지금의 작은 행운이 더러는 큰 행운이 오는 길을 가로막는 장애물이 되기도 한다. 세 친구 이야기에서 주인공이 낭떠러지로 떨어지는 대목이 말해주듯 우리가 겪는 예기치 않은 불행이 행운을 부르는 변곡점이 되기도 한다. 5년이라는 세월을 혼자 산속에서 보내며 힘들게 지내면서도 삶의 끈을 놓지 않았다는 것은, 아무리 힘든 상황이 오더라도 삶의 이유를 찾아 현재 처한 환경에서 살아갈 이유를 만들면 된다는 것을 보여준다. 5년 동안 산속에서 사방에 널려있는 산삼을 먹으며 삶의 의지를 가졌다는 것, 산속에서 홀로 묵묵히 견뎌 이겨내면서 희망의 끈을 놓지 않고 기다렸다는 것은 최악의 상황 속에서도 살아서 나가야겠다는 완숙한 집념이 있었기에 가능한 일이다. 무엇을 이루기 위해서는 조급하게 서둘러서는 안 된다. 들판의 벼가 완숙해서 황금의 옷을 갈아입고 고개를 숙이며 춤출 때까지 일정한 시간이 필요한 것이다. 산삼을 먹으며 힘을 키우고 출구를 찾아 5년을 기다리는 동안 칡넝쿨도 자라 출구가 훤히 열린 것이다.

어제 실패했다고 해서 오늘 삶의 끈을 놓아서는 안 된다. 좌절하고 스스로 포기하기보다는 이야기에서처럼 주변에서 산삼같이 귀한 것을 발견하려 애쓰거나 무엇보다도 호랑이가 접근할 수 없는 안전한 곳에 있다는 것으로 위안을 가지며 마음을 추슬러야 한다. 그래야 다시 가족을 만나 행복하게 살 수가 있고, 나를 위험에 처하게 만든 친구를 잔인하게 복수할지 멋지게 용서할지도 선택할 수가 있다. 아마도 가장 멋진 복수는 이야기에서처럼 그들에게 내 것을 나눠 주고도 내가 잘 먹고 잘 살 수 있는 것이 아닐까 싶다. 살다 보면 벼랑 끝에 머무는 순간이 있다. 나 역시 그 시기를 벗어나기 위해 죽도록 치열하게 살았다. 30년을 함께 해온 친구가 그때 나에게 한 말이 있다. "높은 나무에 올라가 떨어지지 않기 위해 나뭇가지를 붙잡고 울고 있는 어린아이 같아." 이제 와서 생각해보면 그때 나뭇가지를 붙잡고 있던 손을 놓아버리고 아래로 떨어졌다 생각하면 아찔하다. 원하는 것이 무엇이든 분수를 지키는 것이 가장 중요하다. 그리고 조급하게 안달하지도 지나칠 정도로 방심해서도 안 된다. 무엇이든 분수를 지키며 적당함을 추구할 때 새옹지마(塞翁之馬)라는 말도 빗겨가지 않을 것이다. 방탕하거나 헛된 것을 고집하지 않으며 겸손하고 정직하게 살아간다면 대단한 사람이 되지 못하더라도 호수에 편안히 떠다니며 삶을 누리는 돛단배는 될 수 있다. 세상에 태어난 만큼 분명 내 몫은 있다. 내 몫을 찾아 열정을 가지고 끈기 있게 기다리며 오늘을 산다면, 지금까지 만나지 못했던 세상에서 가장 평범한 행복을 내일 만날 수가 있는 것이다.

당신 덕분에,

내 마음에 욕망이 자란다는 것을 깨달았습니다.

이제 그 욕망을 조금씩 내려놓습니다.

고맙습니다. 나에게 진실을 알려주어서.

몸과 마음이 새털처럼 가벼워질 때까지.

조금씩 비우고 내려놓으며 살겠습니다.

고흐의
그림을 보며

우연한 기회에 고흐의 전시회를 가게 되었다. 생전에 고단하게 살다간 고흐의 그림을 마주할 때마다 느끼는 것이지만 그의 불우했던 삶이 오버랩 된다. 고단하고 숱한 결핍에 시달렸고 그 상황을 잊고 싶어 풍요를 위한 희망의 의지를 화려하고 밝은 노란색에 담아 그림에 덧칠을 많이 했는지도 모른다. 평생을 고독 가운데 살았던 고흐의 작품에는 그의 외로움이 가득했다. 고갱이 고흐를 찾아와 함께 그림을 그리려고 했지만 늘 마음이 통했던 것은 아니었기 때문에 고흐는 고갱을 결국 다치게 했다. 그리고 그로 인한 죄책감에 자신의 귀를 자르게 됐고 정신적으로 힘들어했던 고흐는 생레미 드 프로방스에 있는 한 병원에 입원하게 된다. 고흐의 작품에서는 고흐가 얼마나 고독했는지, 정신 장애로 인해 얼마나 힘들어했는지 프로방스 시골길의 하늘 풍경, 별이 빛나는 밤, 해바라기 등을 보면 알 수 있다. 소용돌이치는 듯한 그림체와 원색의 노란색이 표현된 것이다. 고흐는 그렇게 자신의 작품에 자신의 고통과 삶을 표현했지만 많은 사람들의 주목을 받지는 못했다. 그리고 1890년 서른일곱 살의 나이에 들판을 서성이다 결국 권총을 가슴에 겨누었고 이틀 후 세상을 떠나게 된다.

빈센트 반 고흐는 살아 있는 동안 큰 성공을 거두지 못했다. 하지만 불우했던 어린 시절부터 그를 괴롭혔던 정신적인 고통과 고독, 외로움이 보상이라도 받은 것일까. 그가 죽은 뒤 파리에서 그의 작품이 전시되었고, 이후 명성은 날로 높아져 현재까지도 고흐의 작품은 많은 사람들에게 잊히지 않는 강렬함으로 감동을 선물해 주고 있다. 비루한 삶을 자책하고 원망하면서도, 다 내려놓고 좋아하는 그림에 모든 영혼을 아낌없이 투하했는지도 모른다. 아무것도 가지지 않다가 대단한 하나를 갖게 되면 더 갖고 싶은 욕망이 생기는 것처럼. 고흐는 살아생전 많은 결핍 속에 살았기에 다 내려놓고 그림에만 몰입하며 살 수 있었는지도 모른다. 사람이 넉넉해질수록 불행을 많이 느끼는 이유는 "말 타면 경마 잡히고 싶다"는 옛말처럼 넉넉함이 욕망을 부채질하여 불행의 늪으로 빠지게 하는지도.

　　누구는 수채화처럼 맑고 깨끗하게 살고 싶다고 하지만 수채화는 두꺼운 종이를 많이 사용하기에 덧칠을 할 수 없어서 나처럼 도전을 많이 해 굴곡진 마디가 많은 사람에겐 묵직하고 깊이 있는 유화가 어울린다. 유화는 종이가 아닌 캔버스 천에 그려지기에 얼마든지 덧칠로 감추고 새로운 색으로 화려하게 옷을 입힐 수가 있다. 감추고 싶은 고단한 삶의 마디도 겹겹이 덧칠할 수 있으니까. 생각해보면 일생을 가난하게 살다가 고흐는 그리움을 기다림으로 덧칠하고 기다림을 또 다른 기다림으로 덧칠하다가 결국 아픔을 남기고 스스로 먼 길을 떠났는지도 모른다. 인간관계도 원만하지 못했던 반 고흐는 고갱과의 갈등 후 자신의 한쪽 귀를 잘랐다. 어쨌든 고흐의 초기 작품은 비교적 어둡고 가라앉은 분위기지만 후기로 갈수록 명랑해지는데 이는 일부러 밝고 희망적인 자기 암시를 걸기 위한 노력 때문이었을 것이라는 분석이 많다. 시대의 흐름에 따라 현대인의 단조로운 반복적인 삶과 무기력으로 황폐해져 가는 정신 변화를 표출한 화가 빈센트 반 고흐는 사회의 불합리나 미래 인간 삶의 정신적 변화의 두려움과 고통을 미리 예견하고, 그림이라는 천재적 예술로 자신의 내적 두려움을 외적 성취감으로 바꾸고자 노력했던 것이다.

　　슬픈 일생을 닮은 고흐의 그림에서도 말해주듯 어쩌면 삶이란 게 그림을 그리는 것이 아닐까 가끔 생각한다. 물론 스케치까지는 부모의 도움이다. 아마도 청소년기를 지나 청년기에 접어들면 본격적인 그림을 그려 나가게 된다. 누구처럼 유복해서 주변의 조언을 받아 나날이 화가처럼 그림을 그리는 사람도 있고 인복이 없어 처음과 달라지지 않은 무미건조한 그림을 그리며 스스로 헤쳐 나가는 사람도 있다. 그 어떤 그림을 그리든 행복도 불행도 마주하게 된다. 동전의 양면처럼 행복 옆에는 늘 불행이 함께 있다는 것이다. 그러니 자신만 복 없는 사람이라 자책하거나 자괴감에 빠질 필요는 없다. 그림을 그리면서 덧칠하면 된다. 감추고 싶은 것, 드러내고 싶은 것을 덧칠하면 된다. 덧칠로 표현하고 싶은 모든 것을 얼마든지 그릴 수가 있다. 어차피 삶의 조각이 덧칠이니까. 덧칠이 많을수록 도전을 많이 했다는 것, 덧칠이 두꺼울수록 경험을 많이 했다는 것, 그래서 기쁨도 슬픔도 많았다는 것, 그래서 그림이 아름답게 완성된다는 것이다. 결과 색채가 아름답게 어우러지면서. 죽고 난 뒤에 빛을 발한 고흐의 그림처럼.

살아갈수록 여백을 늘려가는 것,
그것이 인생이란 그림을 잘 그리는 것이다.

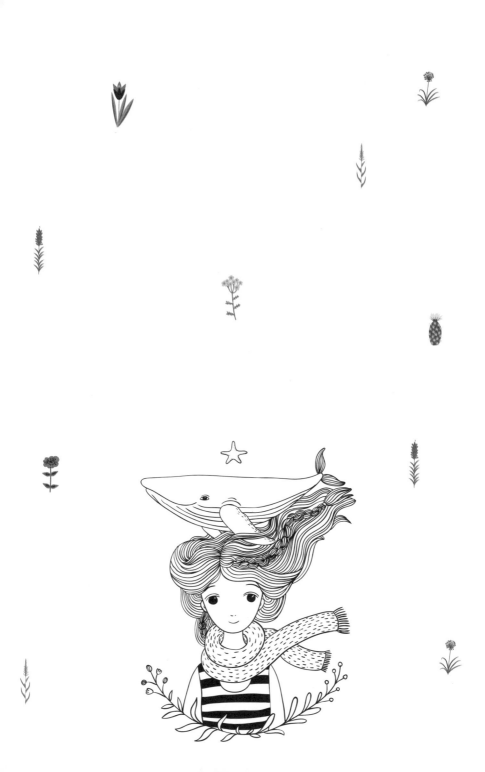

콩 세 알도
나누며

　　　　　　　　　어느 고승이 상좌를 데리고 시주를
다녔다. 고래 등 같은 기와집의 대문을 두드렸더니 하인이 문을 열어 주었
다. 목탁 소리에 방에서 나온 그 집 주인은 입을 삐쭉거리며 매섭게 쏘아붙
였다. "우리 먹을 것도 없는데 니들 줄 게 어디 있어!" 참으로 고약한 인심이
었으나 고승은 역시 고승이었다. "백세 장수하십시오." 인사를 건네고 그 집
을 빠져나와 다시 발걸음을 옮겼다. 길을 가다가 들밥을 이고 가는 촌 아낙
을 만났다. 시주를 부탁하자 촌 아낙은 남편이 먹을 밥이었지만 갸륵하게도
들밥을 그들에게 내주었다. 고승은 촌 아낙에게 고개를 숙이며 인사를 건넸
다. "빨리 세상을 뜨십시오." 곁에 있던 상좌는 고승이 건네는 인사의 뜻을
도무지 이해할 수 없었지만 차마 묻지 못했다. 그 이후로 오랜 세월이 지났
고 고승은 여전히 상좌와 함께 여기저기 시주를 부탁하러 다녔다. 그러다 하
루는 마을 어귀에 있는 감나무 밑에서 머리 허연 노파를 만났다. 땅바닥에
거의 몸이 붙을 정도로 등이 굽은 노파는 떨어진 감을 주워 먹고 있었다. 고
승이 상좌에게 말했다. "저 할멈이 바로 오래전 우리를 내쫓았던 그 부잣집
의 마나님이다. 오래 살더니 저리 되었다." 그들은 계속 길을 가다가 높은 벼
슬아치의 행차를 보게 되었다. "저기 저 쌍교를 타고 가는 여인을 보거라. 일
찍 죽어서 다시 태어나더니 저렇게 귀한 부인이 되었다." 고승은 상좌에게

그 여인이 지난 날 남편의 들밥을 시주했던 시골 아낙이라고 말했다.

위의 이야기를 보더라도 인생은 회자정리 거자필반(會者定離 去者必返)이라는 말이 맞는 듯하다. 다시 말해 만남이 있으면 헤어짐이 있고, 또 만남과 헤어짐은 인생의 섭리라는 사실, 아무리 생각해도 불교의 윤회설이라 말하지 않을 수 없다. 게다가 인과응보, 권선징악, 사필귀정이 꼭 뒤따른다. 행위의 선악에 대한 결과를 후에 받게 된다는 말로 흔히 죗값을 치른다는, 착한 사람들은 행복을 찾고 악행을 저지른 자들은 벌을 받는다는, 모든 일은 결국 바른 이치로 돌아간다는 의미의 고사성어들이다. 그러나 이 이야기에서 주는 교훈은 사회 통념상의 행복이 실은 그리 대단하지 않다는 점이다. 마치 한 알은 새를 위해, 한 알은 벌레를 위해, 한 알은 사람을 위해 콩 세 알을 심었다는 옛 선조의 '콩 세 알' 이야기처럼 넉넉지 않더라도 조금이라도 여유가 있을 때 주변을 돌아보며 나눌 수 있는 그 마음이 행복을 부르는 마음이다. 비록 작은 나눔이라도 서로에게 만족을 안겨준다면 주는 사람도 받는 사람에게 따뜻한 감동이 이어진다.

언젠가 어린 시절 돈이 없어 끼니를 거르는 일이 많아 늘 주린 배를 움켜쥐고 다닌 아이가 목사가 되어 봉사하며 산다는 방송을 본 적이 있다. 위암 말기의 시한부 선고를 받았음에도 연탄 은행까지 운영하면서 가난한 사람들을 돌보며 살아가고 있다는 내용이다. 생각해보면 나의 것을 누군가에게 준다는 것은 대단한 것이 아니다. 마음이 움직이면 몸이 움직인다. 그리고 베푼다는 것, 나눈다는 것을 어렵게 멀리서 찾지 않아도 된다. 내가 사는 곳, 내가 일하는 직장, 내가 다니는 교회와 같이 가까이에도 작은 도움을 필요로 하는 사람이 얼마든지 있다. 아니, 물질적인 대단한 도움이 아니라도 가끔씩 찾아오는 택배아저씨, 경비아저씨, 옆집 노부부 등에게 물 한잔, 음료수 한캔, 무거운 짐 들어주는 것으로도 따뜻한 눈 맞춤을 주고받으며 즐거움을 찾을 수가 있다. 무엇을 누구에게 준다는 것은 그를 기쁘게 하는 의미도 있지만 결국 내가 기쁘기 위함이다. "아저씨, 잠깐… 날 더운데 시원한 물 한잔 드세요.", "경비아저씨, 음료수 한잔 드세요.", "할머니, 할아버지, 이 짐 집까지 들어다 드릴게요." 하고 서로의 시선을 맞추며 나누는 대화 속에서 한 모금의 행복과 마주할 수가 있다. 입꼬리가 올라가며 빙그레 번지는 미소가 바로 행복이니까. 나눔이나 배려는 정확하게 말하면 '남을 즐겁게 하기 위함이 아니라 내가 즐겁기 위한 것'이다.

반대로 가진 것을 모두 나에게로 절대화하는 순간 욕망이 화를 불러 다치게 된다. 돈을 많이 번 사람, 명예가 높은 사람, 권력을 가진 사람이라 하더라도 가진 것들을 넘쳐흐르도록 쌓아 두기만 한다면 그것들이 영원하지 않다는 것을 언젠가는 알게 된다. 세상의 이치는 비워야 채워질 공간이 생겨 또 채워지게 된다. 돈이고 명예고 권력이고 영원한 것은 없으니까. '현세'가 끝이 아니니까. 비록 '현세'에서 풍요롭게 살지 못해도 베풀어서 후회 없다면

'내세'에서는 풍요 속에 누리며 살 수 있는 가능성이 얼마든지 있다. 무엇이든 정직하게, 겸손하게, 때로는 작은 것이라도 이웃과 나누며 살아간 사람은 '내세'도 두렵지가 않을 테니까. '현세'에서의 행복한 실패가 '내세'에서는 멋진 비상을 부를 수 있으니까. 그러니 지금 하고 있는 일, 지금 몸담고 있는 곳이 충분히 마음에 들지 않는다고 실망할 필요는 없다. 비록 '현세'에 만족스럽게 살지 못하더라도 꿈을 포기하지 않고 최선을 다한다면 희망은 다시 피어날 테니까. 다만 무엇을 하든 내 것도 남의 것도 아닌 듯이 어정쩡한 행동을 하며 시간을 죽인 채 살아가지 말아야 한다. 과욕을 멀리하고 분수에 맞게 내 것을 소중히 여겨야 한다. 진실하게, 성실하게, 겸손하게 오늘에 충실하며 어제보다 후회를 적게 남긴다면 희망의 꽃은 나의 바람대로 화려하게, 싱싱하게 피어날 것이다. 결국 나누면 행복하다. 받는 사람보다 주는 사람이 더 행복하다.

가진 돈이 한 푼도 없어 돈이 필요할 때

누군가에게 빌려야 한다면

당신에게 담보할 것이 있는가? 없는가?

있다면 잘 살아온 인생이고, 없다면 지금부터 시작하라.

작은 것이라도 나누고 베풀어라.

그래서 덕을 쌓아라.

삶은
고단한 의식인가

사막의 햇살처럼 살갗을 태울 것 같던 공포의 여름 볕도, 귀청을 뚫을 듯 울어대던 죽음의 매미소리도 사라지고 가을이 왔다. 황금 들판에는 벼가 고개 숙인 채로 바람의 춤사위에 따라 물결 춤을 추고, 도심의 노란 옷을 입은 은행나무는 곧 붉은 옷을 갈아입을 준비를 하고 있다. 클럽댄스 음악보다도 쇼팽이나 브람스의 교향곡이 어울리는 계절이다. 가을에 약한 내 몸 역시 계절을 기억하기에 양말과 양털조끼로 몸단장을 했다. 가을바람만 맞으면 각질이 하얗게 일어나고 심할 경우에는 피부가 튼다. 또 누구에게 두들겨 맞은 듯 뼈가 욱신거리고 시리다. 이 나이가 되도록 여태껏 보약 한 번을 먹어보지 못했다. 밥만 열심히 챙겨 먹으면 그게 보약인 줄 알고 살았다. 최근 마감 원고가 늦어져 밤늦도록 컴퓨터 앞에 앉아 무리한 탓에 눈에 실핏줄이 터졌다. 난 그저 일시적인 충혈이라 생각하고 약국에 가서 안약을 사서 이틀을 열심히 넣었지만 낫지 않아 작심하고 안과에 갔더니 실핏줄이 터졌다고 한다. 일시적인 과도한 스트레스와 높은 안압이 원인이라 했다. 다시 말해 육체적, 정신적으로 과부하가 생겨 그것이 눈으로 집약되어 터진 것이다. "나이는 못 속인다."는 옛말이 떠올랐다. 아마도 밀린 원고가 아니었으면 병원 공포증이 있는 나에겐 시간이 걸려도 혼자 견뎌 이겨냈을 것이다.

그러나 이번만큼은 그럴 처지가 못 된다. 신뢰를 인간관계에서 가장 중요하게 생각하는 나에게 약속에 대한 실천은 무엇보다도 중요하기 때문이다. 작년부터 몸에 이상신호가 자주 왔던 터였다. 전혀 경험하지 못했던 기분 나쁜 통증이 가끔씩 나를 두렵게 하기에 미루다가 공포감과 함께 찾아오는 고통이 두려워 병원 공포증을 이겨내고 병원으로 달려갔다. 의사선생님이 웃으며 툭 던지는 한마디의 말씀, "마음이 기억하지 못하는 나이라도 몸은 기억하거든요." 이제는 몸이 망가지고 있다는 것, 스스로 견딜 수 없어 전문의의 도움을 받아 보호해야 하는 때가 온 것이다. 그 사실을 인정하니까 우울하고 슬프고 답답하여 견딜 수가 없었다. 일주일간 쉬라는 의사의 한마디는 일주일을 쉬지 않으면 큰일이 날 수도 있다는 무서운 경고로 들렸다. 그래서 밀린 원고를 다 내려놓고 강변을 산책했다. 강변 산책로 곳곳에 피어있는 가을의 전령사 코스모스도 잘 왔다는 듯이 하늘거리며 인사를 한다. 코끝에 스미는 비릿한 강 내음도 나쁘지 않았다. 전업 작가로 사는 나에게 몸의 고통은 정신없이 달려온 내게 '쉼'을 알려주는 경고 같은 것인지도 모른다. 밤낮을 텍스트를 넘나들며 생활하기 때문에 몸이 아프지 않는 한 일을 하는 것이 습관이 들었다. 아직은 나의 보호자는 나이고 내가 보호해야 할 것들이 있기 때문이다. 어깨를 짓누르는 짐에 너무 무겁다. 그러나 내려놓을 수도 없다, 아직은.

이제는 나도 보호받는 사람이 되어야 할 나이인데 나는 여전히 보호해야 할 위치에 있다. 오늘처럼 몸이 말을 듣지 않을 때에 삶이 고단한 의식으로 여겨질 때에는 비와 바람을 피해줄 우산을 가진 사람이 부럽다. 어쩌면 나는 누군가에게 든든한 보호 한번 제대로 받지 못하고 영원히 누군가를 위해 보호자 역할을 하며 살아가는 운명인지도 모르겠다. 그 생각이 밀물이 되어 나를 덮칠 때에는 등에 무거운 주인의 짐을 지고 사막을 터벅터벅 걸어가는 낙타가 떠오른다. 고단한 낙타의 삶이 나의 운명이 아닐까 하는 생각도 든다. 가장 건디기 힘든 일은 몸이 아픈 것보다 나도 몸이 아프다는 말을 하고 싶은데 그 말을 토해내서 위로가 되는 사람이 없다는 것이다. 아프다는 말을 하면 "나도 아파. 다 아프면서 사는 거야"라는 말로 돌아와서 그 말을 듣는 것이 나를 더 슬프게 할 것 같아 아프다는 말을 한 번도 진심으로 토해낸 적이 없다. 가장 큰 이유는 나는 보호자니까, 엄마니까, 그 대단한 사명 같은 중력 때문에 버티고 있다. 사실 오늘은 나에게도 "힘들지, 쉬어"라는 한마디가 그립다. 등을 토닥여주며 "다 내려놓고 나에게 기대"라고 웃으며 다가오는 나의 보호자가 되어줄 누군가가 간절히 그립다. 오늘처럼 몸과 마음이 한없이 나약해져 산다는 자체가 고단한 의식이라 생각될 때에는 한 번쯤 보호자가 되어줄 사람이 그립다. 나는 언제쯤 이 고단한 의식에서 해방될까?

아등바등 살지 말자.

놀고 싶으면 놀고

일하고 싶으면 일하자.

웃기면 웃고 슬프면 울자.

배고프면 먹고 졸리면 자자.

아프면 아프다고 큰소리로 말하자.

눈치 보며 참고 살지 말자.

죄란
무엇일까

죄(罪, Sin)란 무엇일까? 히브리어 원어로는 '하타(hata)'인데, 그 본래 의미는 '(활이) 과녁을 빗나가다, 주어진 길에서 벗어나다'이다. 어쨌든 죄는 두 가지로 생각할 수가 있다. 양심이나 도리에 벗어난 행위 또는 종교, 도덕상의 죄를 의미하는 죄(罪, Sin)와 사회의 안전과 질서를 문란하게 만드는 반사회적 행위 중 이를 처벌하기 위해 법에 규정되어 있는 행위를 의미하는 사회에 악영향을 미치는 사회적인 죄(罪, Crime)로 나눌 수가 있다. 사람을 죽여서는 안 되고 남의 물건을 빼앗아서는 안 되며 남을 속여서는 안 된다는 것이 법률에 규정되었기 때문에 그 모두를 포괄적으로 죄로 인식하는 것이다. 죄는 윤리·도덕, 양심·도리, 법칙·규칙, 질서·규범, 법규·법률, 상식을 거역하거나 파괴하는 행위다. 세상에는 다양한 죄가 있다. 공갈협박죄, 사기죄, 문서위조죄, 절도강도죄, 뇌물수수죄, 직무유기죄도 죄이지만 욕심, 시기질투, 불평불만, 이기주의, 교만, 위선 등도 일종의 마음의 죄라 할 수 있다. 세상 어느 곳에나 사람이 많은 곳에는 죄가 넘쳐난다. 법의 심판을 받는 사람도 재수 없게 걸렸다며 세상을 향해 이렇게 외친다. '나만 더러운 것이 아니야. 너도 마찬가지잖아.' 돈이면 다 된다는 미친 세상에 돈 앞에 양심을 팔고 무릎 꿇는 사람이 많아지고 있다. 이런 현실을 법률로, 규정으로 아무리 바로 잡으려고 해도 되지 않는다. 그것은 처음부터 불가능한 것이기 때문이다. 오히려 너무나 많은 법률, 넘쳐흐르는 규제로 인하여 우리는 너무나 지쳐 버렸고, 넘쳐나는 Crime이 우리의 죄(Sin)의식을 몽롱하게 만들었다. Crime이 아니라면 Sin은 괜찮다고 여기는 세상이다. 그것이 모두에게 죄의식을 둔감하게 만들었고 죄의 노예가 되게 만들었는지도 모른다. 그럼에도 불구하고 우리 사회는 죄에 대한 인식, 곧 죄의식이 점점 무뎌지고 있다. 모든 계층에서 있어서는 안 되는 일들이 빈번하게 일어나고 있고, 법조계 역시 '법과 양심'은 타인에 대한 잣대일 뿐 자신에게는 '비법과 비양심'이 잣대가 되고 있다. 모든 곳에서의 갑질, 현대판 노예, 보복운전, 심지어 모든 곳에서 브로커와 춤추는 일이 벌어지고 있다. 매일 누군가가 쏜 화살은 그렇게 과녁을 벗어나고 있다.

　　물론 최초의 죄는 아담과 이브가 저질렀다. 창세기에 보면 하느님은 아담과 이브에게 단 한 가지만을 금하시고 그들이 필요한 모든 것을 주셨다. 곧 그들에게 선악과만은 따 먹지 말라고 명하셨다. 그런데 약삭빠르고 말이 많은 뱀이 선악과를 따 먹으면 하느님처럼 지혜롭게 된다며 이브를 꼬드겼다. 잠시 망설인 뒤 이브는 선악과를 따 먹고 아담도 설득해 선악과를 따 먹게 만들었다. 이에 하느님은 노하셨고 그들에게 엄한 벌을 내리셨다. 그들은 에덴동산에서 쫓겨났고, 결국에는 죽는 운명에 처하며, 더 이상 하느님으로부터 필요한 것을 받지 못하게 되었다. 아담은 이마에 땀을 흘리며 생계를 꾸려야 했고, 이브는 남편의 그늘에서 살며 출산의 고통을 느껴야 했다. 도

스토옙스키가 쓴 《죄와 벌》에서도 나오는 것처럼 어쩌면 인간은 사는 동안 영원히 죄와 벌의 수렁에서 벗어나지 못할지도 모른다. 주인공 라스콜리니코프는 가난해 중퇴한 의협심 강한 대학생이다. 그는 다른 사람에게 불행을 주며 인정 없는 고리대금업자 노파를 죽인다. '살 가치가 없는 사람을 죽이는 것은 살인이 아니'라며 정의라고 정당화했다. 그러나 그는 죄의식의 중압감에 사로잡혔고 비참한 자신을 발견한다. 몸을 팔면서도 순수한 영혼으로 사는 매춘부 소냐를 찾아 고백한다. 소냐에 대한 연민과 그녀의 헌신적 사랑으로 자신의 과오를 참회한다. 가슴에 응어리진 죄의식과 고통이 녹아내렸다. 눈물을 흘리며 환희와 행복을 느꼈다. 범행을 자백하고 시베리아에서 8년간 감옥살이를 한다. 새로운 사람으로 부활했다.

영화 〈빠삐용〉의 한 장면을 보자. 주인공 빠삐용은 살인 누명을 쓰고 먼 곳으로 유배된다. 어느 날 꿈속에 나타난 재판관은 억울함을 호소하는 빠삐용에게 "네가 사람을 죽이지 않은 것은 안다. 하지만 네 진짜 죄는 인간이 저지를 수 있는 최악의 죄, 다름 아닌 인생을 허비한 죄이다"라며 추상같이 호령하자 빠삐용은 고개를 떨군 채 자신의 죄를 순순히 인정하고 만다. 삶을 허비한 것이 처벌되는 죄(Crime)는 아니지만 인간을 창조한 신과의 관계에 있어 큰 죄(Sin)일 수 있음을 영화는 암시하고 있다. 물론 누구나 인생이 자기의 뜻이나 노력대로만 이루어지지 않고 그 어떤 불가항력적 힘이 작용하고 있다. 내 의지나 노력 위에 있는 그 어떤 초인간적 힘이 존재한다. 우리는 그

것을 운명이라 한다. 누구든 운명을 선택할 자유나 능력이 없고 피하려야 피할 수 없다. 자기에게 주어진 운명은 좋으면 좋은 대로 싫으면 싫은 대로 무조건 짊어지고 가야 할 자기의 몫이다. 그래서 운명의 신을 그리스 말로는 '몫'이라는 뜻의 'moira'라고 한다. 어쩌면 삶은 내 의지에 의해서기보다는 어떤 절대적인 힘에 의해 좌우되는지도 모른다. 특히 죄를 짓거나 어려움에 처했을 때는 그렇게 느낄 것이다. 그럼에도 진실은 단순하고 선명하다. 운명의 신이 지옥으로 이끈다 생각 들면 단순해지자. 복잡하게 생각하지 말고 처음으로 돌아가자. 첫 생각, 첫 행동으로 돌아가자. 내면 깊숙이 자리하고 있는 보편적인 죄에 대한 의식으로 돌아가자. 무엇이 옳고 그른지, 무엇을 하고 또 하지 말아야 하는 것인지 이미 충분히 알고 있다. 둔감해진 죄에 대한 의식을 민감하게 만들자. Crime을 벗어나 Sin으로의 의식 복귀가 가능하도록, 누구부터가 아니라 나와 내 가족부터 실천하자. 더 늦기 전에······.

죄는 태어났을 때부터,

사람의 마음에 싹트기 시작해서,

사람이 성장하며 강해진다.

죄는 처음에는 거미줄처럼 가늘다.

그러나 마지막에는 배를 잇는 밧줄처럼 강해진다.

죄는 처음에는 손님이다.

그러나 그대로 두면 주인을 쫓아내고 주인의 자리에 앉는다.

─ 탈무드

진정한 어른,
당신은 프로입니까

어른이란 무엇인가. 중국의 대학자인 지셴린(베이징대 명예교수)은 어른의 기준을 자연스럽게 드러나는 품격이라 했다. 다시 말해 어른이 되기 위해서는 자신을 객관적으로 볼 줄 알아야 하며, 꾸준히 학습과 품격을 쌓아야 한다는 것이다. 물론 그가 말하는 학습은 지식만이 아닐 것이다. 살아가는 과정을 통해 경험으로 얻은 것을 배우고 깨우쳐야 한다는 것이다. 책을 아무리 펼쳐놓아도 사람들을 만나 함께 어울려도 그들과 함께 호흡하며 몰입하지 않으면 얻게 되는 것, 깨닫는 것은 별로 없다. 무엇이든 적극적으로 달려들어 정성을 다해야 한다. 생물학적 근거인 나이로 진정한 어른이라 하지 않는다. 진정한 어른은 모든 사람이 인정해주는 프로를 말한다. 살아온 삶의 궤적만큼 어른의 무게가 담겨 있어야 하고 옳고 그름을 정확하게 판단하는 냉철함도 있어야 하고 경험으로 깨우친 지혜도 풍부해야 한다. 그렇게 되기 위해서는 물론 일정한 시간이 필요하고 또 반복된 실패를 이겨내어야 색다른 성취를 맛보게 된다. 색다른 경험은 만족과 또 다른 호기심을 안겨주기에 자신감이 넘치는 도전을 하게 된다. 어떤 경험이든 깊은 성찰의 시간이 있으면 미래를 보는 혜안이 풍부해진다. 다른 한편으로 어른이란 책임을 지는 사람이다. 자신에게 주어진 책임과 의무를 분명히 알고 이를 실천하는 데 부족함이 없어야 한다. 다시 말해 어른으로 인정받기 위해서는 자신의 삶에 얼마나 책임을 지고 있는가를 먼저 되돌아보아야 한다.

　따뜻하고 품격이 있는 방송인으로 유명한 유재석의 힘들었던 무명시절의 이야기가 방송을 탄 적이 있다. 치열했던 과거가 있었기에 현재의 유재석이 존재하는 것이다. 유재석을 보면 자기관리도 습관이라 느껴질 만큼 여전히 치열하게 자기관리를 하고 있다. 엄격한 잣대로 철저하게 자기관리를 하기에 국민 MC에 오래도록 머무는 것이 아닐까. 방송에 따르면 유재석은 많은 스케줄을 소화하기 위해 매일 2시간씩 웨이트 트레이닝을 하며 체력을 길러오고 있다. 뿐만 아니라 건강을 위해 고칼로리 음식은 피하고 금연하는 것으로 알려졌다. 촬영 전 100번 이상 대본을 정독한다는 유재석은 타 예능 프로그램도 모두 모니터링하며 예능계의 흐름을 파악하기 위해 노력하고 있었다.

　뿐만 아니라 짐이 무거운 할머니를 직접 택시에 태워 보낸 사연부터 독일에서 쓰레기를 주웠던 선행까지 알려졌다. 그가 바로 모두가 인정하는 품격을 갖춘 프로, 진정한 어른일 것이다. 언젠가 방송에 출연했던 가수 패티김은 평생 목 관리를 위해 술, 담배를 안 했고, 목주름이 생길까봐 베개를 사용하지 않았다고 했다. 나 역시 전업 작가의 삶으로 들어서고 부터 먹고 입고 자는 것을 단순화시켰다. 식사나 생활 습관도 엄격히 관리했다. 글 쓰는 것부터 먹는 것, 자는 것 전부 글 쓰는 것에 맞췄다. 금연, 금주는 기본이고 위의 부담을 줄이기 위해, 머리를 가볍게 하기 위해 자극적이면서도 달달한 유혹의 음식을 멀리 했다. 맵고 짠 젓갈류, 지지고 볶고 튀긴 밀가루 음식, 찌개나 탕 종류를 좋아하지 않는다. 이제는 하루 2식 3찬이 식단의 원칙이다. 잡곡밥, 김치, 김, 과일, 야채샐러드는 기본이고 생선(육류)구이는 제철에 나오는 것을 원칙으로 입맛 당기는 대로 한 가지씩 번갈아 가면서 먹는다. 가끔씩 간식으로 우유나 원두커피에다가 달걀흰자로만 만든 팬케이크를 먹는다. 그것으로 충분하다 생각하기에 아직까지 특별한 영양제를 먹지 않는다. 가끔씩 단백질 보충으로 닭 가슴살 샐러드나, 어린 멸치를 우유와 함께 갈아 마신다. 이 나이에 병원을 들락날락하지 않는 것도 나만의 방식으로 길들여진 간편한 생활습관 때문이다.

행복의 첫 번째 조건은 뭐니 뭐니 해도 건강이다. 몸이 휘청거리면 마음도 흐트러진다. 건강은 젊었을 때 습관이 되도록 관리해야 한다. 적은 운동량과 고열량 저단백의 달콤한 유혹에 빠지면 쉽게 비만해져 돌이킬 수 없는 생활 습관 병에 걸린다. 가벼운 음식과 운동, 그리고 편안한 마음으로 생활할 때 무엇이든 최고의 '어떤 것'을 이끌어 낼 수 있다. 진정한 어른, 프로가 되기 위해서는 최고의 노력 후에 '기다림'이라는 시간을 건너야 한다. 운동을 하든 식사를 하든 우선 선택을 잘 해야 하고 또 즐거운 마음으로 임해야 한다. 과정이 행복하면 결과도 좋게 영글어 간다. 진정한 어른, 프로는 생각도 실천도 모두가 배우고 싶어 하는 프로가 되어야 한다. 하루아침에 거목이 되는 나무는 없다. 씨앗은 심지 않고 열매만 맛보려 하는 어리석은 사람은 되지 말자. 내가 뿌린 씨앗에 물을 주고 가지를 치며 정성을 다하자. 나무가 비바람에 쓰러지면 지지대를 받쳐서라도 다시 곧게 세워 정성을 기울이자. 결과에 연연하지 말고 과정에 올인하자. 그러면 반드시 선명한 지혜도 생긴다. 나이는 숫자에 불과하다. 진정한 어른, 프로가 되고 싶은가? 그렇다면 아프도록 고개를 꺾어 하늘을 보지 말고 그대 눈높이의 세상을, 그대 발밑을 바라보라. 그 안에 그대가 애타게 찾는 소중한 것이 있으니까.

하나의 큰 나무로 성장하기 위해
나무는 씨앗으로 시작해 땅속 깊이 뿌리를 내리고
떡잎을 내밀고 하늘을 향해 줄기를 뻗는다.
숱한 비바람, 눈보라, 지독한 외로움까지
온몸으로 맞으며 견뎌 이겨낸다.
큰 사람이 되고 싶은가.
그렇다면 숲을 보기 전에 나무를 보고
나무를 보기 전에 씨앗을 보라.
모든 출발은 씨앗이니까.

#3. 살아가는 자들의 안녕

과거는 생각하기 위해,
현재는 일하기 위해, 미래는 즐거움을 위해 존재한다.

— 디즈레일리(영국의 정치가, 소설가)

아프지 말자

인디언 부족의 말에 의하면 '친구란 내 슬픔을 등에 지고 가는 사람'이라고 했다.

나에게는 매번 서로의 생일 때마다 행운목을 주고받는 소꿉친구가 있다. 교사생활을 하다가 안양에서 학원을 운영하는데 그녀의 생일 무렵 문자를 보내도 응답이 없다. 안부가 걱정되어 며칠 동안 점심 때마다 문자를 띄웠다. '별일 없지?'라고. 일주일이 지났을까 돌아온 답변은 '친구야! 지금 병원이야. 나중에 연락할게'였다. 걱정스런 마음에 '누가 아프니' 했더니, '내가 좀 아파, 나중에 전화할게'라고 문자가 왔다. 늦은 밤 다시 친구에게 전화가 왔다. 얼마 전부터 밥맛이 없고 모든 것이 귀찮고 무기력해서 갱년기 증상인 줄 알았는데 갑자기 체중이 줄어들면서 복통까지 심해 응급실에 실려 왔다는 것이다. 담도암 초기 판정을 받고 종양을 떼어내고 일반 병실에서 회복중이라 했다. 평소에 건강하고 도전정신이 강했던 친구, 집에서 무료하게 살림하는 것보다 자아를 추구하는 것이 삶의 활력을 줄 것 같다며 영어학원을 시작했던 친구다. 아마도 새로운 도전이라며 설렘과 흥분을 감추지 않은 채 학원을 운영하다가 스트레스를 많이 받은 것도 아픈 이유 중의 하나가 되었는지도 모른다. 잔병치레를 많이 하는 나보다 건강하던 친구가 먼저 병원에 실려 가는 것을 보고 난 충격을 받았다. "잘 먹고 맘 편히 가지고 힘내"라고 위로해 주었지만 마음은 착잡했다.

세상 사람들은 건강 걱정 안 하고 돈도 많고, 자식도 잘돼서 아무런 근심 없이 살아가기를 간절히 원한다. 하지만 그건 바람일 뿐이지 처음부터 끝까지 아프지 않고 생을 마감하는 사람은 없다. 살아가면서 내가 아프지 않으면 가족이 아프다. 우리를 덮치는 불행의 그림자가 수없이 많다. 가족은 움직이는 모빌이다. 가족 중에 하나가 아프거나 흔들리면 가족 전체가 흔들리거나 아프다. 그럼에도 아프게 되면 원망을 많이 한다. '왜 나에게, 내가 무엇을 잘못했기에' 등을 외치며 원망하고 좌절한다. 특히 건강을 해쳤을 땐 더하다. 하지만 '병에 걸린 것은 누구의 잘못도 아니고, 오히려 삶의 좋은 계기가 될 수 있다'는 말이 있듯이 병에 걸리게 된 것을 긍정적으로 생각하면 남은 시간을 더 소중하게 여기며 가치 있게 살 수가 있다. '절망' 속에 건져 올린 '희망'이라는 아름다운 꽃을 피울 수도 있는 것이다. 비록 진흙탕에서 자라지만 진흙에 물들지 않는 연꽃처럼 마음먹기에 따라 수술 이후의 삶을 더 아름답게 더 귀하게 꽃피울 수가 있다.

물론 말처럼 쉬운 일은 아니다. 그러나 인간은 수많은 조직과 헤아릴 수 없는 세포들로 구성된 유기체이고, 세월이 지나며 이 모든 것들이 아무런 이상이 없다는 것이 오히려 이상한 일이라 생각하면 희망을 품지 못할 이유도 없다. 특히 나이가 들어 조직이 노쇠해지면 자연스럽게 몸에 이상이 생기게 된다는 것을 인식하고 병에 걸렸을 때, '왜 나만 이런 병에 걸리게 되었는

가라고 불평하거나 원망하지 않는다면 오히려 삶의 좋은 동반자로 여길 수 있다.

그 좋은 예로 스티브 잡스는 췌장암에 걸린 이후 항상 자신이 언제 죽을지 모른다는 생각으로 살았지만 "곧 죽게 된다는 생각은 인생에서 중요한 선택을 할 때마다 큰 도움이 된다. 사람들의 기대, 자존심, 실패에 대한 두려움 등 거의 모든 것들은 죽음 앞에서 무의미해지고 정말 중요한 것만 남기 때문이다. 죽을 것이라는 사실을 기억한다면 무언가 잃을 게 있다는 생각의 함정을 피할 수 있다. 당신은 잃을 게 없으니 가슴이 시키는 대로 따르지 않을 이유도 없다. 다른 사람들의 시선이나 평가를 의식하지 않고 오직 지금 내가 해야 될 일이 무엇인가만을 생각하며 그 일에 매달릴 수 있었다."라고 했다. 똑같은 시한부 선고를 받아도 어떤 사람은 1년을 살고 어떤 사람은 10년을 산다. 모든 것은 마음먹기에 달려있다. 죽을 각오로 살려고 한다면 극복할 수 있는 게 병이다. 병을 극복하겠다는 불굴의 의지와 살겠다는 강한 집념이 있으면 아무리 사람의 수명이 하늘의 뜻이라 하더라도 정성을 다한다면 신은 쉽게 사람의 목숨을 거두어 가지는 않을 것이다.

많은 사람이 질병이 덮쳤을 때 빨리 낫게 해달라고 성당을, 교회를, 절을 찾아다니며 기도한다. 기도하는 이유도 사람의 입장과 처지에 따라 다르다. 병이 든 사람은 건강하기를 원하고, 돈이 필요한 사람들은 부자가 되게 해 달라고 기도한다. 기도는 마음의 평화이지, 기도한다고 해서 병이 당장 낫지는 않는다. 살면서 아프지 않으면 큰 복이겠지만 한평생 아프지 않고 살 수는 없다. 아픔이 찾아오더라도 누구를 원망하거나 좌절하지 말고 현명하게 받아들이고 극복해 나갈 때 신은 나의 기도를 들어줄 것이다.

아프면 잠을 설친다.

아프면 예민해진다.

아프면 좋은 음식을 찾는다.

아프면 마음이 다급하다.

아프면 가족의 소중함을 가슴으로 느낀다.

아프면 옛 추억을 그리워한다.

아프면 일기를 쓴다.

아프면 주변을 정리한다.

아프면 짜증을 부린다.

아프면 아이가 된다.

아프면 의사가 된다.

아프면 생애 마지막 장면이 또렷이 보인다.

아프지 말자.

몸이 아프거든 홀로 숲길을 걸으며 지나온 시간을 돌아보라.

아무 생각 없이 걷기에 몰입하다 보면

아픈 몸도 산만해진 마음도 중심을 잡게 된다.

어느 틈엔가 소진된 삶의 풋풋한 에너지도 다시 채워진다.

죽을 만큼 아프더라도 병에 휘둘리거나 지지 마라.

마음에 힘이 모이면 몸도 따라 건강해진다.

견디자,
씩씩하게

감기몸살로 일주일을 앓고 나니 입안이 깔깔하고 혓바늘까지 돋았다. 밥알이 모래알 씹는 듯 입안에서 뱅글거리는 것이 영 넘어가지를 않는다. 물에 밥을 말아 억지로 몇 숟갈을 넘기고 다시 컴퓨터 앞에 앉았다. 글을 써야 한다는 것이 이제는 사명이란 생각이 들고 몸이 먼저 기억해 컴퓨터 앞으로 이끈다. 전업 작가로 산 지가 16년이 흘렀다. 십 년 동안 늘 제자리 뛰기만 하고 있다. 진종일 레지엠의 〈전쟁의 신(Fundamentum)〉을 들었다. 음악에라도 취하지 않으면 미쳐 버릴 것 같아 들으면서도, 듣지 않으려 하면서도 볼륨을 크게 올려놓았다. 의식하듯 의식하지 않은 듯 음악은 음악대로 나는 나대로 하루를 동거하며 보냈다. 웅장하고 터질 듯한 배음은 내 아픈 곳을 토닥토닥 두드리는 느낌이 들었다. 나는 늘 고통이 밀려오거나 깊은 사유의 시간에는 대중가요보다는 교향곡이나 뉴에이지 음악을 즐겨 듣는다. 방 안을 꽉 채우는 배음은 내 안의 고통을 들었다가 놨다가 하면서도 결국은 고통을 밀어내준다. 수십 번 듣고 있노라면 불더미처럼 치받쳐 오르던 고통도 오르고 내림을 반복하다 제풀에 사그라진다.

내가 나를 견디지 못할 때 누구는 술을 마시고 춤을 추고 훌쩍 짐을 꾸려 여행을 떠나지만 나는 나를 방 안에 감금하고 한 종류의 음악을 들으며 고통의 시간을 꿀꺽 삼킨다. 과거 직장 동료 중의 한 분은 화가 치밀어 오를 때마다 한 땀 한 땀 십자수로 자신의 이름을 수놓으며 견딘다고 했다. 그렇게 취향에 따라 견디는 방법도 다르다. 음악을 좋아하기 전까지만 해도 슬프거나 화가 나 분노가 조절되지 않을 때에는 비를 맞으며 무작정 걷기도 했다. 내 안에 숨어 우는 실존적 통증을 그런 방법으로 밀어내는 것이 슬픔을 치유하는 유일한 방법이다. 반복적인 멜로디를 수십 번 듣고 있으면 한순간 방 안을 떠다니던 격정의 깃털이 밖으로 빠져나가는 것이 느껴지고 깨끗한 공기와 환한 빛의 축제가 열리는 것 같다. 지나온 길을 돌아보아도 음악에 나를 맡긴 채 소리 내어 울며 견딘 순간들이 많았다. 오늘도 '전쟁의 신'은 쓸쓸하지만 나를 토닥인다. 상처에 도포된 항생제처럼 서서히 고통은 결국 잠이 든다. 그런 날이 참 많았다. 행간을 넘나들며 전업 작가로 사는 동안 그렇게라도 견뎌내야 할 시간이…… 나에게는 참 많았던 것 같다.

슬픔이 너무 깊어도 눈물이 나오지 않는다는 것을 아는가! 몸속 어디, 뼛속 마디마다 뾰족한 유리조각이 무자비하게 가격한다. 허공을 떠돌던 이유 있는 통증조각이 갈라지는 음율 사이로 춤을 추며 하나가 된다. 쿠바 혁명의 아버지라고 부르는 체 게바라는 "너무 외로워하지 마! 네 슬픔이 터져 빛이 될 거야! 현실적이어야 해, 그러나 가슴속에는 꿈을 가져야 해."라고 말했지만 오늘은 겉으로만 빙빙 떠돈다. '이해 불가'의 날이다. 아무리 좋은 글도 음악도 마음에 와 닿지 않는 날이 있다. 아마도 오늘이 그런 날인가 보다. 어쩌면 견딘다는 건 시소게임 같은 것. 행복과 불행, 사랑과 미움, 희망과 절망, 선택과 포기, 만남과 이별, 하고 싶은 일과 해야 하는 일, 돈벌이와 씀씀이 사이를 오르내리면서 무게 중심을 잡으려 안간힘을 쓴다. 산다는 것이 그런 게 아니겠는가. 오늘은 늘어난 삶을 무게를 버티며 내일은 욕망의 무게를 조금 덜어내며 견디는 것. 그러다 보면 어느 곳에도 치우치지 않고 반듯하게 중심 잡으며 웃고 있는 날이 올 것이니. 균형 잡힌 그 평화로운 순간을 위해 견디자. 씩씩하게.

지금은 떠나갔지만
모든 것을 가질 수 있었고 또한
아무것도 바라지 않아도 넉넉했던
그래서 괜찮았던,
완벽에 가까운 날들이 있었다.
나에게도.
"내일은 내일의 태양이 뜬다. After all, tomorrow is another day."

— 영화 〈바람과 함께 사라지다〉 중에서

수호천사는
어디에

〈말아톤〉이라는 영화에 보면 사랑의 힘이 한 사람을 기적처럼 바꿔 놓는다. 얼룩말과 초코파이를 좋아하는 자폐증을 앓는 한 아이가 어머니의 권유로 시작한 마라톤에서 즐거움을 찾고 그것이 삶의 목표가 된다. 아이는 당당하게 두 발로 우뚝 서서 세상과 행복하게 소통한다. 아이뿐만 아니라 아이가 삶의 목적인 엄마, 그리고 금메달에만 집착하던 코치, 모두를 윈—윈—윈 하게 만든 기분 좋은 영화이다. 영화 속 대사처럼 자식이 하루 먼저 죽는 것이 소원이라고 말하는 엄마의 마음은 자식을 사랑하는 모든 엄마의 마음일 것이다. 나에게도 삶의 나침반이 되어주신 분이 있다. 정말 치열하게 사시다가 어느 날 홀연히 세상을 떠나신 내 아버지이다. 사람에 지쳐 너무 힘들어할 때마다 나를 일으켜 세워주시고 당당히 설 수 있게 용기를 주신 분이 아버지셨다. 결국 아버지가 돌아가시고 교직을 그만두었지만. 나를 잘 아는 사람이 나를 위해 조언을 해준다는 것은 행복한 일이다. 아버지가 배운 게 많지 않아도, 돈이 없어도 험한 세상 꿋꿋하게 버티며 살아온 힘은 바로 자식이라는 '희망의 끈' 때문일 것이다. 자식은 자라서 아버지의 '희망봉'이 되기 위해 죽을 만큼 힘들어도 아버지처럼 버티는 것이다.

자전거 타기를 배우기 위해 넘어지고 다치는 것을 두려워하지 않고 다시 일어나 '나는 할 수 있어'라고 다짐하며 자전거 타는 연습을 되풀이하듯이, 시간이 걸릴지 모르지만 포기하지 않는 한 인생에 있어 불가능한 일은 없다. 무한한 꿈과 상상력을 가지고 끊임없이 자기 자신을 극복하는 사람만이 더 높은 봉우리를 넘어 내가 찾는 내 인생의 정상에 우뚝 설 수가 있다. 작은 실패는 성공을 위한 가르침이다. 한 번에 성공하는 사람도 없다. 성공은 작은 일들이 쌓여 얻을 수 있는 결과물이다. 성공하지 못한 사람들을 보면 별것 아닌 것처럼 여겨지는 사소한 실수가 그 사람을 실패로 이끈 경우가 많다. 가장 어리석은 사람은 실수를 반복하면서도 성공을 기대하는 사람이다. 성공은 혼자의 힘으로 이루어지지 않는다. 주변의 따뜻한 격려와 위로가 성공의 초석이 된다. 격려나 위로의 말은 돈으로도 살 수가 없고 화려한 수식어도 필요하지 않다. 진정성이 담긴 짧지만 그 사람에게 당장 필요한 정확한 메시지가 중요하다. 누군가가 자신감을 잃고 방황하며 힘들어할 때에는 그 사람에게 힘이 되는 격려와 위로의 말이 아픈 곳을 치유해주는 가장 강력한 진통제이다. 나를 위로해주는 든든한 사람이 있다는 것은 행복한 일이다. 항상 쫓기며 살고 치열한 인생에 있어 너무 늦었거나 빠른 나이는 없다. 하루하루가 힘겨운 사람들에게 "괜찮다, 나도 그랬어. 다시 시작해 봐." 같은 따뜻한 격려의 말 한 마디는 큰 힘을 준다. 격려와 위로가 담긴 살아있는 언어는 메마른 대지에 쏟아지는 소낙비와도 같은 힘이 있다.

해야 할 일이 많아질수록 그만큼 스트레스를 많이 받게 된다. 그리스 시인 소포클레스는 '오늘은 어제 죽어간 이가 그토록 원했던 내일이다'라고 했다. 오늘을 잘 사는 것이 어제도 내일의 나의 역사도 바뀌게 한다. 나는 항상 '오늘'을 생각하며 살아간다. 오늘을 무사히 버틴 것에 감사하는 것이 아니라 오늘 잘 살지 못한 것에 대해 반성을 한다. 오늘이 뿌듯하다는 느낌이 든다면 분명 내일이 기다려질 것이다. 삶은 자신감이다. 한 번 잘해냈다는 자신감이 생기면 가속도가 붙어 내일도 모레도 좋은 날을 만든다. 시간은 나의 삶을 들었다 놓았다, 울렸다 웃겼다 하지만 그 시간의 주인은 분명 나인 것이다. 오늘을 잘 살면 아무리 지옥 같던 어제도 아름다운 추억이 되고 두렵게 느껴지던 내일도 기다려지는 것이다. 성공을 꿈꾸는 이유는 행복하기 위해서이다. 행복하기 위해서는 현재의 나를 정확히 알아야 한다. 나의 가치, 나의 환경, 나의 능력을 냉정히 평가하고 헛된 욕망은 내려놓아야 한다. 흔히 성공한 인생하면 돈이나 권력, 명예를 모두 가진 사람이라 착각하는데 그게 아니다. 돈, 권력, 명예를 적게 가져도 지금 건강하고 좋아하는 일을 하며 즐겁게 사는 것이 진정 성공한 인생이다. 즉, 먼 훗날 삶의 마침표를 찍을 즈음 지나온 시간을 되돌아보며 "한 세상 정말 멋지게 살았어."라고 말할 수 있는 사람이 행복한 사람이 아닐까?

창밖을 봐.

바람이 불고 있어.

하루는 북쪽에서 하루는 서쪽에서.

인생이란 그런 거야.

우린 그 속에서 있다구.

— 영화 〈베티 블루〉 중에서

따뜻한 동행자는 찰리일까,
마지막 잎새일까

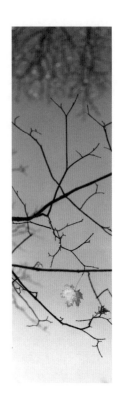

"찰리가 너무 고통스러워 해 안락사로 편안하게 세상을 떠나게 해주려고 했습니다. 그런데 결혼 일주일을 앞두고 상태가 기적적으로 좋아졌습니다. '나는 결혼식을 꼭 보고 싶어'라고 말하는 것 같았습니다."

미국 콜로라도의 한 결혼식장에서 있었던 일이다. 뇌종양으로 움직이는 것조차 힘겨웠던 15살의 반려견 찰리는 결혼식장에는 들어갔지만 끝내 돌아오지는 못했다. 반려견 찰리는 신부이자 주인인 켈리 오커넬리 품에 안겨 결혼식장을 나왔다. 오커넬리는 찰리에게 "너무 잘했어. 여기까지 와 줘서 고마워"라고 말했다. 올해 초 시한부 선고를 받은 찰리는 발작을 일으키고 기절을 거듭하는 등 살아 있는 하루하루가 고통이었다. 눈을 감는 순간 찰리는 만면에 미소를 지었다. 주인은 "찰리는 내게 이 세계의 전부였다"라며 눈물을 글썽였다. 결혼식에 사진기사로 자리한 젠 쥬베니스는 "이런 순간에는 마스카라가 턱없이 부족하다"라고 페이스북에 올렸다. 신랑과 신부는 이미 세상을 떠난 찰리와 함께 카메라 앞에서 기념 촬영을 했다. 오커넬리는 "결혼 기념사진은 값을 매길 수 없을 정도로 소중하다"며 "찰리가 꽃을 두르고 있는 사진을 볼 때면 너무 행복해 보여서 좋다"라고 말했다.

우리는 현재 1인 가구 시대에 살고 있다. 필요에 의해서든 조건에 의해서든 외롭지 않기 위해 소중한 그 무엇을 찾아야 한다. 집 안에서 기르는 행복나무가 될 수도, 찰리처럼 애완견이 될 수도 있다. 애틋한 마음을 주고 싶은 마음이 든다면 사람 못지않게 동반자가 될 수 있다. 안도현 시인의 시 〈너에게 묻는다〉에 보면 '연탄재 함부로 차지 마라. 너는 어느 누군가에게 그렇게 뜨거운 사랑이었던 적이 있었던가'라는 구절이 있다. 이 문장에서도 읽을 수 있듯 누구나 가족을 위해, 사랑하는 사람을 위해, 이웃을 위해 반려견을 위해, 식물을 위해 소중한 '무엇'이 되려고 한다. 사람에게서 얻지 못한 기쁨이나 위로를 때로는 다른 '무엇'이 대신하기도 한다. 오 헨리가 쓴 '마지막 잎새'처럼 그 '무엇'이 마지막 잎새가 떨어지면 자신도 죽을 것이라는 생각을 하며, 삶과 죽음의 기로에서 한 잎 남은 잎새에 기대어 희망을 품고 위로를 받는 '존시'가 되기도 한다. 사람은 누구나 강한 척 하면서도 나약함을 안고 살아간다. 그 마음을 위로해주며 한평생 의지하며 살 수 있는 친구가 필요한 것이다. 아침에 불쑥 올라온 해피트리의 아기 잎새가 웃음을 주기도 하고 주인의 꼬리를 흔들며 주인 곁에 달라붙어 애교를 부리는 애완견도 기쁨이다. 무엇이든 찾으면 위로가 되고 기쁨이 되는 동반자는 있다. 남편, 자식, 친구가 아니더라도 삶의 동반자는 얼마든지 있다. 그 하나를 찾아 함께 살아가는 것도 평생 동안 잊지 못할 감동의 선물이 될 수가 있다. 그런 따뜻한 동행자가 나에게는 무엇일까? 찰리일까, 마지막 잎새일까.

어떻게 잘 견디고 있나요?

내일은 동반자를 만날 희망이 보이나요?

모진 희망을 찾아 견디며 기다리고 있나요?

당신도 나처럼.

어찌해야
회오리 같은 풍랑을
이겨낼까

내가 시간이 날 때마다 자주 찾는 곳은 덕수궁 입구에서 경향신문사까지 이어져 있는 '낙엽을 쓸지 않는 길'로 유명한 정동길이다. 멀리 가고 싶지만 생활 때문에 가지 못할 때마다 덕수궁 돌담길을 걸으며 경향신문사까지 걷는 것이 거의 일상화가 되었다. 그 시간만큼은 일상에서 벗어나 마음이 움직이는 대로 몸을 맡기게 된다. 나를 위한 착한 쉼의 시간이다. 누구의 간섭도 눈치도 살피지 않아 좋다. 아메리카노 한 잔이면 충분하다. 먼 곳으로 여행을 떠나지 않아도 조금만 움직이면 자연을 만날 수 있는 곳이 서울에는 너무 많다. 내가 나무를 좋아하는 이유 중의 하나는 자신의 모습을 감추지 않고 있는 그대로를 보여주기 때문이다. 비바람에 가지가 부러져도 말없이 아픔을 견디며 아프지 않을 때까지 스스로 견딘다. 자연의 법칙에 따라 움직이지만 자세히 들여다보면 인생과도 다르지 않다. 봄에는 초록의 세상으로 희망을 안고 여름에는 색동옷으로 갈아입으며 신나게 춤을 춘다. 가을에는 화려했던 순간을 거둬들이며 낙엽으로 털어낸다. 겨울이 오면 다 털어버리고 나목으로 서서 봄맞이를 위해 견딤의 시간을 갖는다.

나무를 찾는 이유 중의 하나는 인제 어느 때 찾아가도 밀어내지 않기 때문이다. 가난한 시인에게도, 부유한 기업가에게도, 일자리를 찾는 취업 준비생에게도, 아이스크림을 먹으며 은행나무 주변을 빙빙 도는 5살 꼬마숙녀에게도 똑같이 쉴 자리를 내어준다. 왜 우냐고, 왜 웃냐고 이유를 묻거나 따지지를 않는다. 나무에게 기대어도 불평을 하거나 밀어내지 않는다. 누구에게나 공평하게 쉴 자리를 내어준다. 나무와 함께 있으면 전쟁터 같은 일상을 잠시나마 잊을 수가 있고 시간이 멈춘 듯 편안해지기 때문이다. 가장 중요한 나무의 매력은 무엇일까? 그것은 아마도 늘 그 자리에서 언제 찾아가도 아낌없이 베풀고 내어주면서도 넉넉하다는 것이다. 내가 나무를 가장 많이 찾는 이유는 '희생적인 사랑, 나눔, 그리고 배려'라는 나무의 정신을 닮고 싶어서다. 어머니 품속 같은 나무의 등에 기대면 고운 결에 취하고 향기에 취한다.

'휴(休)'라는 한자를 자세히 들여다보면 사람이 나무에 기대어 쉬는 형상을 하고 있다. 사람은 자연에 기대고 자연은 사람을 보듬어 쉬도록 자리를 내어주는 것이 자연과 사람의 소통하는 순간이 아닐까 싶다. 모네가 그린 점묘화도 몰입을 해서 아무리 들여다보아도 무엇을 표현하는지를 모를 때가 있다. 그때에는 마음을 추스르고 잠시 물러나 있다가 다시 바라보면 그림의 내용을 알게 된다. 마찬가지로 살아갈수록 살아갈 이유를 모른다 생각이 들면 잠시 쉼표를 찍고 여유를 가지며 나를 돌아보아야 한다. 살아가는 이유를 찾아내야 살아가는 시간이 지겹지가 않다. 나를 돌아보는 시간을 자주 가져야 부질없는 욕망도 사색의 그물망을 저항 없이 빠져나간다. 바람에 나무끼는 은행잎을 보며 낮은 곳만 찾아 기어 다니는 벌레를 보고 사는 이유를 찾는 것, 그것이 삶의 이유, 존재의 기쁨을 안게 된다. 나무든 사람이든 분주함 뒤에는 쉼이 있고 상처 뒤에는 치유의 시간이 있다. 그래야 회오리 같은 삶의 풍랑을 이겨내는 단단함이 생기기 때문이다.

　　몸이 보채고 마음이 보채고 심지어 세상이 보채 울고 싶을 만큼 축축한 날이 오면 그냥 떠나자, 그냥 훌쩍 떠난다는 것은 무책임한 것이 아니라 자신과 마주하는 용기 있는 행동이다. 오늘이 어제 같고 내일 역시 오늘과 다를 바 없다고 느낄 때, 그냥 떠나자. 남들이 뭐라고 해도 나와 마주하는 것만큼 소중한 것은 없고, 그래서 우리는 떠나고, 그렇게 웃으면서 돌아와야 한다. 일상의 고단함에서 벗어나기 위해 떠나고, 잊고 있던 일상의 행복과 마주하기 위해 낯선 길과 마주하는 것, 그것이 쉼의 진정한 의미일 것이다. 애써 이유를 들먹이지 않아도 좋다. 거창한 이유가 아니라도 좋다. 그냥 쉬고 싶다면 훌쩍 떠나자. 그렇게 온전한 자신과 마주할 수 있다면 그것으로 충분하다.

　　햄릿은 "사느냐 죽느냐, 그것이 문제로다"라고 말했다. 삶의 벼랑 끝에 서 있다고 느낄 때에는 무슨 일이 벌어질 것인가를 두려워하지 말고, 하던 일을 그대로 놓아두고 일에서 잠시 떠나 있는 것이 좋다. 가시가 살 속에 박히면 아프듯이 힘든 상태에서 그대로 몰아붙이면 상처가 전신에 퍼져 독

가시가 되어 버린다. 기계도 오래 쓰면 닳거나 고장이 나듯이 사람의 몸도 마음도 청소와 검진이 필요하다. 쉼, 치유의 시간을 자주 가질수록 삶의 스트레스는 줄어든다. 감기가 걸리거나 몸이 아플 때는 쉬어가라는 의미다. 하던 것들을 다 밀어내고 사색하며 관찰하는 것도 삶의 연장이다. 밖으로 나갈 수 없다면 따뜻한 커피 한 잔, 한 편의 휴먼 드라마, 영혼을 맑게 해주는 음악을 들으며 쉬자. 그저 편안한 마음으로 행복했던 기억을 떠올리며 즐거워하자. 마음이 편안해지고 얼굴에 미소가 번진다면 내 안에 머물고 있는 가장 순수한 어린 내 영혼과 마주한 것이다. 그것으로 충분히 힐링이 되고 재충전된 것이다. 다시 세상 속으로 당당히 걸어 나가 멋지게 러닝을 하면 된다.

높은 산을 만나 오를 생각하지 않고 높이를 재지 마라.

넓은 강을 만나 건널 생각은 않고 얼마나 깊을까 고민하지 마라.

높이를 안다고 해서, 깊이를 안다고 해서 달라질 것은 없다.

일단 오르고 뛰어들어라. 두려워 말고 도전하라.

부지런히 나아가라.

살아가는 자들의
안녕

평온했던 밤에 쓰나미 같은 공포가 덮쳤다. 세월호와 메르스 사태, 최근 경주에서 일어난 쓰나미 같은 지진까지 경험하다 보니 평온했던 일상이 얼마나 소중한지를 깨닫게 된다. 상상하지 못한 지진과 같은 자연재해에다가 실업, 경제위기, 나아가 권력의 부정부패는 평범한 삶을 뒤흔들어 놓았다. 그러다 보니 '헬조선'이니, '금수저, 흙수저' 론까지 이어져 성실하게 직장생활하며 정직하게 사는 사람들에게 자괴감을 안겨주었다. 그래서 각자도생(各自圖生)이란 말이 뼛속 깊이 와 닿는지도 모른다. 각자도생(各自圖生), 사전적 의미는 '제각기 살아나갈 방법을 꾀함'을 말한다. 2년 전 세월호 참사 후 인터넷에는 '대한민국 각자도생, 불신지옥'이라는 풍자 글이 급속히 퍼졌다. 어느 고등학생이 칠판에 낙서한 것으로 알려진 이 글은 '가만히 있으라'는 세월호 내 방송 때문에 탈출 기회를 놓친 단원고 학생들을 떠오르게 했다. 국가도 사회도 힘이 되지 못한다는 사실에 큰 실망을 안게 되었다. 불신의 서막을 알리며 힘 있는 자들에 대한 강한 거부감이 기성세대에게 경종을 울렸다. 그리고 2년. 각자도생이 또다시 회자되고 있다. 지난 9월 발생한 경주 지진 때문이다. 관측 사상 최대 규모의 지진 앞에서 우리 정부는 불신의 마음을 드러내게 만들었다. 무능과 무책임이 또 한 번 평범한 일상을 뒤흔들었다.

특히 지진은 대공포의 도가니로 몰아넣었다. 지진 발생 직후 진앙인 경주에서는 곳곳에서 주민들이 공포와 충격으로 쓰러졌고 119 구급대 출동이 이어지는 등 아수라장이 됐다. 고층 아파트 주민들은 너도 나도 집 밖으로 탈출하는 등 지진 공포가 전국을 강타했다. 이게 끝이 아니었다. 19일 다시 경주는 4.5의 강한 여진이 또 발생하면서 전국에서 진동을 느꼈을 만큼 한반도는 지진 트라우마에 시달리고 있다. 정말 이러다가 걷잡을 수 없는 재앙이 닥치는 건 아닌지 불안에 떨고 있다. 지진 트라우마(정신적 외상)로 호흡곤란을 호소해 구급차에 실려 가는 사태까지 발생했다. 지진 트라우마는 국가 재난 대응 시스템, 국가 재난 컨트롤 타워의 부재와 맞물려 있다. 재난 현장에서 가장 중요한 건 믿음의 리더십이다. 한 사례를 든다면 15년 전 2001년 9월 11일 아침. 역사상 최악의 테러로 뉴욕의 쌍둥이 빌딩이 무너졌다. 뉴욕뿐 아니라 미국과 전 세계가 공포에 휩싸인 순간 루돌프 줄리아니 뉴욕 시장이 먼지를 뒤집어쓴 채 사고 현장에 가장 먼저 나타났다. 줄리아니 시장은 뉴욕 지역 방송사와의 전화 인터뷰를 통해 사고 상황부터 시민들에게 알렸다. 그러곤 지금 안전을 위해 시민들이 무엇을 해야 하는지 설명했다. 이후 2~3시간마다 기자회견을 이어가면서 공포에 휩싸인 뉴욕 시민들에게 믿음을 줬다.

이에 반해 '가만히 있으라'는 안이한 대처로 세월호를 넘어 이번에는 지진에 대한 매뉴얼 부재로 대한민국은 혼란 그 자체다. 정부가 '피해자

구조와 복구에 만전을 기하라'는 긴급 지시 사항을 전달한 것은 첫 지진 발생 후 2시간 47분 만이었다. 공중파 방송은 그대로 일일극을 방송하면서 자막 형태로 '경주 지진 발생'이라는 메시지를 띄웠을 뿐이고 더하여 담당 부서인 기상청 매뉴얼은 황당 그 자체다. '심야시간 지진 발생 시 장관에게는 가능하면 다음 날 아침에 전화 보고하라'는 매뉴얼 내용이 알려져 충격을 주고 있다. 결국 정부를 믿을 수 없고, 기댈 수 없는 국민들은 "내 목숨은 내가 지킨다"며 각자도생에 들어갔다. 일본 도쿄도가 제작한 한국어판 지진 대비 매뉴얼을 내려 받거나 생존 가방을 구매하고 SNS 지진통보 시스템을 활용하는 등 기가 막힌 상황이 벌어지고 있다. 신뢰가 무너지고 누구도 믿지 못하는 세상, 살아남으려면 스스로 몸부림쳐야 하는 세상. 어쩌면 지진 공포보다 더 두려운 현실은 믿음의 컨트롤 타워가 없다는 것이 아닐까. 자식은 부모를 믿고 회사원은 회사를 믿고 국민은 국가를 믿을 수 있는, 원칙과 질서가 유지되는 지극히 평화로운 일상은 누가 가져다주는 것인가. 누구를 탓하기 전에 각자 자신의 직분에 맞게 가족을 위해 국가를 위해 국민을 위해 무엇을 어떻게 해야 하고, 그 책임을 다하며 살고 있는지를 돌아보아야 한다. 반성하고 깨우쳐야 한 걸음 앞으로 내디딜 수가 있다. 각자도생을 외치며 '괜찮나요, 힘내요'란 말이 보편화된 세상이 아니라 '좋아요, 감사해요'란 말이 더 많이 넘쳐나 '함께 공생'하는 세상이 되어야 한다. 내가 가진 것이 작아도 풍요를 느끼고 감사하며 사는 사람이 많아야 행복한 사람도 많아지게 된다. 삶의 목적은 행복이고 행복은 나 혼자만의 것이 아니라 가족, 이웃, 친구, 동료 모두가 행복해야 한다. 모두가 편안한 일상, 몸도 마음도 아프지 않고 즐겁게 일해서 번 돈으로 적당한 욕망을 충족시키며 살아야 입가에 미소가 번지게 된다. 분수에 넘쳐 불안하지 않고 너무 부족해 두렵지 않은 적당한 충족이 행복이니까.

너는…….

너무 빨리 오거나 너무 늦게 온다.

너는…….

너무 일찍 사라지거나 너무 오래 남는다.

제시간에 여기, 그곳에 머물 수도 있을 텐데.

지금은 없다. 너는.

너라는 행복은.

죽도록
미치도록
연애하면서

사계절이 뚜렷하다는 것도 이젠 옛말인 것 같다. 봄, 가을은 있는 듯 없는 듯 휙 지나가버리고, 용광로 같은 여름과 살을 에는 듯한 겨울이 점점 길어지고 있다. 그래서인지 인생의 여름을, 끝자락을 붙잡고 있는 나로서는 더욱 계절에 민감하다. 지난봄이 그랬듯이 가을 역시 너무나 짧을지도 모른다. 짧다고 탓하기에는 너무 소중하지 않은가. 머잖아 울긋불긋 물든 단풍이 절정에 다다르면 또 어느새 그것들이 낙엽되어 흩날릴 것이다.

평균 수명을 70세로 예상했던 2000년대 초반까지만 해도 20대 중반에는 직장을 잡아 결혼을 하고 삼십 대에는 열정을 다해 일을 했다. 그러나 지금은 그것들이 옛날 얘기가 되었다. 100세 인생이다. 결혼 연령도 서른 중반을 훌쩍 넘기는 일이 흔한 일이고 결혼을 해도 되고 안 해도 되는, 다시 말해 선택으로 생각하는 사람들이 많아졌다. 주변에 보면 마흔을 넘긴 싱글도 넘쳐난다. 결혼이 늦어지고 비혼을 얘기하는 사람도 늘어나다 보니 2030이 청춘이 아니라 4050이 청춘이다. 2030세대가 여전히 취업준비생이고 결혼하는 연령이 늦어지다 보니 생기게 된 사회현상이다. 그래서 지금은 50대까지도 인생의 여름이라고 착각(?) 아닌 확신(!)을 하게 된다. 지구 온난화로 자연의 사계절도 희미해지듯 인생의 사계절도 구분 짓기 모호해지는 것 같다. 요즘 아이들은 너무 조숙해 초등학교 5, 6학년이면 사춘기를 맞는다. 빠르면 십 대 후반 늦어도 이십 대가 되면 인생의 여름이다. 그것이 이어져 40~50 대까지가 된다. 그러니 인생의 가을이라고 할 만한 시기는 훌쩍 뒤로 밀려 60~70대에 이르는 때라고 해야 정상이다. 당연히 인생의 겨울은 80대가 되지 싶다.

얼마 전 68세 나이로 세상을 떠난 작가 최인호는 인생을 짧은 봄과 긴 여름으로 뜨겁게 살다가 가을 속으로 사라져갔다. 그는 손가락에 골무를 끼워가면서 글을 쓸 정도로 인생의 가을을 가장 붉게 물들이다가 떠나갔다. 그는 늘 추수하듯 살았고 암에 걸려 투병한 5년여의 시간마저도 풍성한 가을이었다. 아프면서도 텍스트에서 손을 놓지 않았기에 그의 생은 누구에게나 눈부시도록 아름다웠노라고 평가할 수가 있다. 인생에 있어 누구에게나 파릇했던 봄은 아련한 기억이요, 용광로처럼 뜨거웠던 여름은 전설이다. 그리고 맞이하는 가을은 결코 길지 않다. 아니, 땀 흘려 얻은 수확을 즐길 여유마저도 없을 만큼 짧을지 모른다. 그래서 더욱 아쉬울 수 있다. 그래서 가을에는 후회를 한다. 스쳐 지나가거나 놓쳐버린 아쉬운 것들에 대한 미련과 후회와 회상에 젖는다. '그때 이랬으면 더 좋았을 텐데……' 하고.

말 그대로 그 사실을 인정하고 심장을 노크하는 무언가가 있다면 더 이상 머뭇거리지 말자. 슬퍼하는 사람에겐 길고 사랑하는 사람에겐 너무 짧은 게 인생이다. 남아있는 시간도 기회도 많지 않다. 기회는 여러 번 찾아오지만 똑같은 기회는 한 번뿐이다. 그 기회를 놓치고 평생을 후회하면서 살지도 모른다. 잡고 싶다는 생각이 들거든 놓치지 말자. 어디론가 떠나고 싶거든 떠나자. 무작정 기차를 타자. 홀로 혹은 누군가와 함께 누렇게 익어가는 들판과 붉게 물드는 산을 바라보자. 낙조 좋은 바닷가에 이르거든 지난여름 뜨거운 젊음들이 거쳐 간 모래사장 위에 서서 그윽한 눈길로 수평선 끝을 바라보며 마음으로 느끼자. 그리고 다시 곳곳에 펼쳐지는 시골 장터로 느리게 걸어가 따뜻한 국밥 한 그릇으로 허기를 채우며 옛 기억을 추억하자. 아낙네들의 수다와 흥정하다 싸움판 벌이는 사람들의 엇나간 일탈도 그윽하게 바라보자. 가을은 짧다. 더하여 인생은 짧다. 연애하듯 후회 없이 즐기자. 가을 산이 단풍으로 붉게 물들 듯 짧게 단 한 번 살다갈 인생, 가을 단풍처럼 화려하고 아름답게 물들어야 하지 않겠는가. 인생의 정답은 없다. 그때마다 다르다. 그러니, 오래지 않아 밀려들 후회를 적게 하려면 오늘을 죽도록 미치도록 연애하면서 살자. 그뿐이다.

인생은 짧다. 미치도록 오늘과 연애하자.

놓친 것을 후회하지 말자.

지나간 것에 집착하지 말자.

미련을 갖지 말고 훌훌 털어버리자.

같은 것은 두 번 다시 오지 않으니까.

돌아보지 말자.

다시 오더라도 이미 다른 것이니까.

뒤를 돌아볼 필요는 없다.

오지 않은 미래도 기대하지 말자.

미래가 올지 안 올지 알 수 없으니까.

현재에 정성을 모으자.

내 앞에 있는 소중한 것을 사랑하자.

인생은 짧다. 미치도록 오늘과 연애하자.

서글프지만
나 자신의 유일한 보호자는
나뿐이기에

"난 무엇이 되고 싶었을까? 무엇을 위해 살고 있을까? 지금 난 어디로 가고 있는 걸까? 지금 난 어디쯤 왔을까? 내 꿈의 최종 목적지는 과연 도착할까? 언제쯤 어떤 모습에서 생을 마칠까?"

행간을 오가면서도 뇌리 속을 떠나지 않는 것들이다. 몰입해서 글을 쓰려고 하니 아픈 몸이 마음을 기댄 채 쓰러져 있고, 쓰러진 몸은 지친 영혼을 다그치며 축 늘어져 허공을 떠도는 어휘를 끌어안고 울고 있다. 아픈 몸은 영혼을 울게 하고 이제는 시(詩)까지 울고 있다. 시인의 집까지 흔들린다. 컴퓨터 옆 낡은 테이블 위엔 조금 먹다가 남긴 커피 머그잔이 세 개씩이나 널브러져 있고 곳곳에 붙여 둔 포스트잇 메모는 내 손길을 기다리듯 눈 끝에 툭툭 차인다. 보내야 할 이메일, 내야 할 공과금, 청탁받은 원고까지 숙제처럼 나를 괴롭힌다. 무엇을 먼저하고 무엇을 나중에 해야 할지 알 수가 없다. 갑자기 소설가 김성동의 《황야에서》의 글들이 눈앞에 밟힌다. 한 남자의 자살 여행을 기록하고 있는데 자신이 죽으러 찾아간 바다에서 절망의 끝을 깨닫는다. 절망의 끝에는 또 다른 희망이 있다는 의미로 해석할 수 있다. 길이 끝나는 곳에 길은 시작이 되고 이별 후에는 또 다른 만남이 기다리고 있다는 명제와도 같다.

실제로 작가 중에서 다자이 오사무는 죽을 생각으로 《추억》이라는 작품을 썼고 결국 그의 소설인 《인간실격》은 마지막 작품이 되고 말았다. 전업 작가 치고 치열하게 살지 않은 사람은 없다. 나도 마찬가지다. 시인으로 데뷔하고 피를 토하는 마음으로 25권의 책을 냈다. 어느 시인의 프로필에는 저서가 100권이 넘는다. 많이 쓴다고 해서 늘 좋은 작품이 나오는 것은 아니지만 좋은 작품을 많이 쓸 수 있는 것은 선택받은 축복이다. 그럼에도 나는 인기에 목숨 걸며 쫓기듯 달리는 작가는 되기 싫다. 글이 맘에 들지 않아 출간을 포기하고 미루고 또 미루다가 브랜드 커피 대신 300원짜리 자판기를 마셔도 내 방식대로 가는 거다. 단돈 만 원짜리 와인이 내 몫이라 해도 나는 나일 수밖에 없고 그것이 나의 자존심이며 글에 대한 나의 가치관이고 정직하게 길들여진 양심이다.

그렇다면 지금 나에게 필요한 것은 무엇일까? '카르페 디엠(Carpe diem), 이 순간을 즐겨라' 영어로는 'Seise the day, Enjoy the present'라고 말할 수 있다. 물론 라틴어인 '카르페 디엠'은 우리말로 '이 순간을 잡아라, 현재를 즐겨라'의 뜻이다. 영화 〈죽은 시인의 사회〉에서 키팅 선생이 학생들에게 자주 이 말을 외치면서 더욱 유명해진 말이 되었다. 키팅 선생은 영화에서 이 말을 통해 미래(대학입시, 좋은 직장)라는 이름하에 현재 삶(학창시절)의 낭만과 즐거움을 포기해야만 하는 학생들에게 지금 살고 있는 이 순간이 무엇보다도 중요하다는 것을 일깨워준 말이다. 맞는 말이다. 이 순간을 놓치면 내일을 약속할 수 없다. 놓치고 나서 후회해 봐야 소용이 없다. 적어도 먼 훗날 지금을 생각하며 '그때 이렇게 하지 말고 저렇게 했더라면 좋았을 걸'이라며 후회는 하지 말아야 한다. 운명은 나에게 늘 이렇게 하지 말고 저렇게 할 수 있는 기회를 여러 번 주었다. 그것을 잡느냐 놓치느냐는 오로지 나의 선택이고 몫이고, 나의 능력이다. 선택에 대한 책임도 나에게 있다는 것을 이제는 정확히 알았다. 누구에게 배운 것이 아니라 이만큼 살다 보니 저절로 알게 되었다.

하지만 걸음을 옮길 때마다, 달릴 때마다 몸과 그리고 영혼이 고장 난 것처럼 덜컹거리는 소리가 난다. 아마 이제는 그 치열함도 그 누군가의 도움으로 과학적 관리가 필요한지도 모르겠다. 그래도 치열하게 살아야 한다. 내가 선택한 길, 후회하지 않기 위해서 살아남아야 한다. 걸으면서, 뛰면서……. 죽는 힘을 다해 쉬지 않고 달려야 한다. 아마도 난 어쩌면 영원히 내가 가둔 틀에 박혀 세상 구경 제대로 못하고 오래도록 이렇게 갇혀 살지도 모른다. 그럼에도 불구하고 오후 늦게 독자가 보내준 장미꽃바구니를 안고 웃고 있다. 배는 고픈데 먹지 않아도 배부르다. 아침에는 울었는데 오후 늦게부터 웃고 있으니, 인생이 그런 게 아니던가. 절반의 울음 뒤에는 반드시 절반의 웃음이 있기에 사는 맛이 있는 거다. 장미꽃바구니를 보약 삼아 텍스트 안으로 들어간다. 이젠 체력이 바닥난 느낌이 들지만 웃음으로 기를 채운다. 그래, 가야 할 길은 너무 멀고 높지만 목적지가 그곳뿐이기에 힘들어도 가야지. 어떤 일이 있어도 지나침 없이 남들이 달려도 그냥 난 내 속도로 가는 거야. 과속하면 사고가 날지도 모르니까. 그냥 내 방식대로 내 유한한 생명으로 무한한 그 어떤 것에 도전하며 가야 해. 그렇게 살아야 하는 첫 번째 이유는 그냥 살기 위해서가 아니라 사는 것처럼 살기 위해서이고, 두 번째 이유는 서글프지만 나 자신의 유일한 보호자는 나뿐이기에.

뜻대로, 마음대로 안 된다고 슬퍼 마라.
하늘을 나는 새도 제 길이 있다.
자신을 소중하게 생각하라.
잡초도 좋은 화분에 심어 잘 보살피면 화초가 되고
화초도 들에 심어 돌보지 않으면 잡초가 된다.

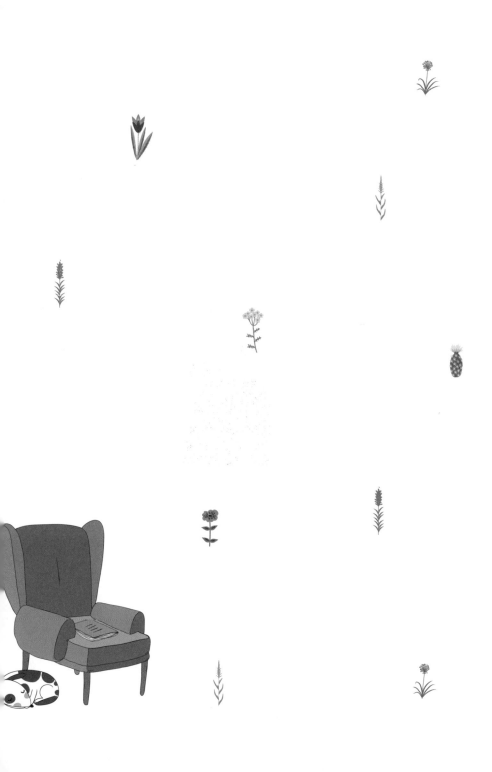

팔로워의 힘

내가 트위터(twitter)를 처음 시작한 것
은 2년이 안 되지만 트위터는 많은 것을 바꿔 놓았다. 트위터 라인으로 세상
에서 일어나는 가장 빠른 소식을 접한다. 트위터의 가치에 대해 말하자면 커
뮤니케이션의 혁명이다. 2년 전쯤이다. 한참을 주저하다가 작가생활에 도움
이 될까 싶어 나도 트위터 계정을 만들었다. 한동안 정신없이 늘어가는 팔로
워가 신기해 흠뻑 빠져 있기도 했지만 거기에서 멈춰버렸다. 여러 가지 이유
가 있지만 사람 만나는 것을 좋아하지 않을 정도로 낯가림이 심한 성격이 문
제가 되었다. 간혹 지나치게 관심을 보이는 팔로워가 부담스러웠다. 또 사생
활이 노출되는 것도 꺼려지고, 누구는 팔로잉하고 누구는 팔로잉하지 않고,
다시 말해 나만의 팔로잉 기준을 만들지 못해 더 나아가지 않았다. 새로운
도전은 호기심과 열정을 부르지만 부담으로 다가오면 스트레스가 되기 때
문이다.

스마트폰 시대에 '팔로워'라고 하면 누구든 트위터를 가장 먼저 떠올
린다. 미국의 가수 레이디 가가는 팔로워가 6300명이 넘었고, 캐나다 출신
의 아이돌 가수 저스틴 비버는 8850만 명을 넘어섰다. 이렇게 엄청난 팔로
워를 거느리고 있는 사람은 비단 연예인민은 아니다. 비락 오비미 대통·령도

7760만 명의 팔로워를 갖고 있고 우리나라에서는 이외수 작가가 220만이 넘는 팔로워를 갖고 있다. 팔로워가 많다는 것은 나처럼 성격도 모나지 않고 둥글다는 것이다. 또 단시간에 스타가 되고 리더로 부상하기도 한다. 반드시 그렇지는 않더라도 팔로워 수는 한 사람의 사회적 위치나 영향력을 가늠하는 잣대가 되기도 한다. 팔로워가 많은 사람을 리더라고 부를 수는 있지만 꼭 그렇지만도 않다. 트위터 라인에서 리더와 팔로워의 관계는 상대적이기 때문이다. 레이디 가가가 팔로잉하는 사람은 13만 명이나 되고 오바마 대통령이 팔로잉하는 사람은 63만 명이다. 이외수 작가도 5만 명을 팔로잉하고 있다. 한 조직에서의 리더는 자신이 속한 다른 조직에서는 팔로워가 되기도 한다. 누구나 팔로워이면서 동시에 리더가 될 수 있다.

리더와 팔로워는 상대적 개념이면서도 상보적 관계이다. 처음부터 리더였던 사람은 없다. 대기업의 CEO도 부장·이사를 거쳐 최고 자리에 올라가는 것이고 정당의 당수도 평당원으로 시작해 중진을 거쳐 당수가 된다. 이제는 팔로워가 오히려 리더에게 강력한 영향력을 발휘할 수 있는 강력한 존재가 되고 있다. 그것이 팔로워의 힘이다. 실제 한 회사를 보더라도 리더가 조직 발전에 기여하는 공헌도는 10%에 불과하며, 나머지 90%는 리더를 따르고 보좌하는 사람 즉 팔로워의 힘에 의해 좌우된다.

팔로워가 중요한 것은 바로 이 때문이다. 훌륭한 리더 주변에는 뛰어난 스태프들이 있고 그와 비전을 공유하는 수많은 팔로워들이 리더를 받쳐

주기 때문이다. 그동안 흔히 사용되었던 '리더'와 '팔로워'라는 말 대신 계약서에서 쉽게 접하는 '갑'과 '을'이라는 단어를 살펴보자. 을의 행복이란 '갑으로부터 내가 원하는 것을 얻어가는 과정에서 누리는 삶의 만족'이다. 요컨대 남이 나를 인정해주기를 바라기 전에 내가 먼저 남을 인정해주는 마음을 가져야 얻을 수 있는 삶의 행복이 바로 을의 행복인 것이다. 을의 행복, 그 자체가 곧 팔로우의 행복 법칙인 것이다. 조직과 공동체의 존재 이유는 함께 나아가야 할 공통의 목표와 비전 때문이다. 이 과정에서 리더도 행복하고, 팔로워도 행복하기를 서로가 원한다. 그러나 리더로서, 누구의 팔로워로서 행복할 수 있을지 없을지는 리더인 그, 팔로워인 당신만이 알 것이다. 아리스토텔레스는 "남을 따르는 법을 알지 못하는 자는 좋은 지도자가 될 수 없다"고 주장했다. 또 아메리카 인디언 유트족의 격언에 보면 이런 말이 있다. '내 뒤에서 걷지 말라. 내가 어디로 가야 할지 모를 수도 있으므로. 내 앞에서 걷지 말라. 내가 너를 따라가지 못할 수도 있으므로. 걸을 때는 나란히 걸으라. 그러면 우리가 하나가 될 수 있을지도 모르니.'

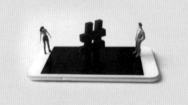

# #

생각의 문도, 마음의 창도 활짝 열자.

누구라도 왔다가 쉬어갈 수 있게.

닫아 두면 아무도 들어오지 못하고

나도 나가기 어렵다.

생각의 문도 마음의 창도 활짝 열자.

바깥세상을 구경하자.

외롭다고, 알아주지 않는다고

매일 하소연하지 말고

문을 열고 밖으로 나가보자.

겁내지 말고 용기 내어 밖으로 나가보자.

― 〈꺾이지 않는 대나무〉 중에서

보이는 것이
전부가 아니다

얼마 전 평범한 드레스 사진 한 장이 온라인을 뜨겁게 달구었다. 레이스가 장식된 여성용 칵테일 드레스인데, 드레스의 색깔이 무엇이냐는 것이다. 파란색 드레스에 검은색 레이스라는 의견과 흰색 드레스에 금색 레이스라는 의견이 맞서고 있다. 사진을 본 네티즌들은 이 드레스에 대해 "예쁜 파란색 드레스"라고 댓글을 남겼지만 이후 "흰색과 금색 드레스다"라는 반박 댓글이 이어지기 시작했다. 곧바로 온라인상에서는 논쟁의 대상이 됐고, 해외 언론에까지 소개되며 SNS상에 확산되기 시작했다. 또 투표로까지 이어져 결과는 '흰색과 금색'으로 보인다는 의견이 73%, '파란색과 검은색'으로 보인다는 의견이 27%다. 토론은 며칠간 이어졌고 7300만 건의 검색 이후 '파검 드레스'가 '흰금 드레스'를 검색량에서 눌렀다. 그리고 논란은 종결됐다. 논쟁이 계속되자 포토샵 개발사인 어도비(Adobe)사도 공식 계정을 통해 드레스의 색깔을 컬러 스포이드로 찍어 웹 컬러 번호까지 제시하며 "이 드레스는 파란색과 검은색이다"라고 발표했다.

베르나르 베르베르의 소설 《신》에는 콜럼버스가 신대륙에 도착할 당시의 인디언 이야기가 짧게 등장한다. 콜럼버스의 배들이 수평선에 나났을 때 인디언들은 바다를 보면서도 배를 보지 못했다고 한다. 지구 끝이라 믿은 수평선에서 무언가 다가오는 상황을 원주민들이 경험해본 적이 없고,

커다란 범선에 대해서도 아무 지식과 정보가 없었기 때문이다. 일렁이는 파도를 주의 깊게 관찰하던 주술사가 먼저 배를 발견하고 사람들에게 설명을 해준 뒤에야 인디언들은 눈앞에 다가온 범선을 볼 수 있었다.

일상이 반복되다 보면 모든 일에 익숙해져서 나에게 일어나는 일들에 대해 '나는 충분히 잘 알고 있다', '더 알게 없다'고 생각하기 쉽다. 가족의 사는 모양, 매일 출근해서 하는 일, 새로울 것 없는 인간관계와 뉴스에 나오는 그렇고 그런 일들, 그 어떤 것에서도 뻔하다고 생각한다. 세상의 풍경과 외부 세계에 대해서도 다른 사람 역시 나와 같은 것을 보고 있다고 확신한다. 하지만 그것은 보는 사람의 착각이다. 색이나 모양처럼 눈에 들어오는 비주얼뿐만 아니라 사람을 보는 관점, 세상을 대하는 태도에 따라 자기 앞에 펼쳐지는 현실은 사람마다 완전히 다른 그림이다. 많은 철학자들이 말했듯 세상에 절대적으로 불변하는 객관적인 실체란 없으니까. 모든 게 익숙한 어느 거리에서 맥없이 서 있다가도 노점 상인들이 떡볶이를 뒤섞으며 열심히 일하는 모습을 보면 그때서야 정신이 번쩍 든다. '공부 좀 해라' 내심 닦달하면서 아이를 보다가 문득 아이의 얼굴에서 미래의 내 모습이 설핏 비치면, 서운함과 놀라움에 심쿵해진다. 계절은 변하고 바람도, 잎사귀도, 앞을 지나는 차들도, 사람도 이미 어제의 그것이 아니다.

우리가 정말 정확하게 아는 것이 무엇일까. 모든 게 어제랑 똑같다고 자신할 근거는 무엇인가. 우리는 내일 일은커녕 지금 자기 뒤통수에서 벌어지는 일조차 100% 알지 못한다. 소크라테스의 명언 '너 자신을 알라'는 '자신이 얼마나 모르고 있는지를 알라'는 말일 것이다. 삶의 변화는 새로움의 추구보다 모르던 것을 하나씩 발견해 가는 것, 못 보던 것을 조금씩 보게 되어 닫힌 마음이 조금씩 열리는 것이 아닐까. 누구든 보고 싶은 것만 보는 경향이 있다. 거울 속 자신의 모습도 가장 자신 있는 곳에 시선이 먼저 간다. 추남 추녀도 자신을 멋있고 예쁘게 보는 이유다. 문제는 자기가 본 것만 진실이라고 믿으면서 소통의 벽을 쌓게 된다는 거다. 한쪽 귀는 열렸지만 다른 쪽 귀는 닫혔고 앞은 보나 뒤는 살피지 못한다. 제아무리 양쪽 귀를 활짝 열고 두 눈에 힘을 주고 살아도 자신이 본 것에 대한 믿음은 쉽게 변하지 않는다. 드레스 색깔 논란은 우리에게 많은 것을 시사한다. 같은 자료를 놓고도 자신들의 관점과 가치에 따라 해석을 달리하듯이. 소모적 논쟁은 불필요하다. 드레스 논란에서 보듯 인정해야만 한다. 드레스 색깔이 파―검이냐 흰―금이냐는 중요치 않다. 보고도 믿지 못하는 세상 아니던가. "내 눈으로는 보이지 않던 것이 당신 눈에는 보이는 군요"라는 인정이 필요할 뿐. 그래야 새로운 생산적 논의를 다시 시작할 수 있다. 그래야만 한다. 이유는 보이는 것이 전부는 아니니까.

왼쪽이든, 오른쪽이든, 앞이든, 뒤든 한쪽만을 고집하지 말자.

왼쪽, 오른쪽, 중앙, 앞과 뒤를 고루 살피자.

하늘이든, 땅이든, 바다든, 사람이든,

한쪽으로 치우치지 말자.

편견을 버리자.

편견을 버리는 순간 세상은 더없이 넓어진다.

편견이 지나치면 오만이 되고 오만은 불신을 부른다.

흔들릴 때는 나만의 확신이 아니라

모두의 확신을 존중하자.

한 사람의 따뜻한 배려와
큰 희생이 남긴 것은

시리아 내전 현장에서 잔해를 헤치고 갓난아기를 구한 후 눈물 흘리는 시리아 민방위대 '하얀 헬멧'(White Helmets) 대원의 긴박했던 구조상황이 방송을 탄 적이 있다. 하얀 헬멧을 쓰고 인명을 구조하는 '시리아 민방위대'가 시리아 북부 이들리브에서 공습에 무너져 내린 건물 속에서 여자 아기를 구조한 장면으로 하얀 헬멧을 쓴 한 구조대원이 구조한 아기를 안고 다급하게 구급차로 뛰어간다. 아부 키파라는 이름의 구조대원은 구급차 안에서 아기를 품에 안고 오열했다. 노란색 옷을 입은 아기의 얼굴은 폭격의 참상을 말해주듯 건물의 하얀 잔해가루로 범벅됐고 얼굴엔 군데군데 피도 묻어 있었다. 하염없이 눈물을 쏟아내는 키파와는 달리 아기는 울지 않았다. 엄청난 충격에 울 힘마저 잃어버린 듯 두 눈을 동그랗게 뜬 채 키파를 바라볼 뿐이었다. 키파는 아기가 무사히 구조됐다는 생각에 "신이시여(Ya Allah)"라는 말만 되뇌었다. 참고로 하얀 헬멧은 2013년에 스무 명 남짓한 시민들이 자발적으로 모여 만들어졌는데 현재는 3천여 명이 시리아 전역에서 구조 및 봉사활동을 하고 있다. 이들의 대부분은 전쟁 전에는 체육교사, 약사, 건축 엔지니어 등 저마다 생활전선에서 일하는 평범한 사람들이다. 이들은 현재까지 6만여 명을 구조했고 그 공적으로 올해 노벨평화상 후보로도 추천되었다. 키파는 갓난아기를 구조한 이후 인터뷰에서 작은 소원을 말했는데 이 영웅의 소원은 아주 평범했다. "우리의 꿈은 아이들이 안전하게 학교에 갈 수 있고, 폭탄이 떨어지기를 두려워하지 않아도 되고, 내가 구하러 가는 것을 기다리지 않아도 되는 것이죠. 평범한 삶으로 돌아가고 싶어요."

　　살다 보면 누군가를 위해 배려하고 또 목숨을 걸면서까지 희생해야 할 때와 마주친다. 누군가는 희생을 감수하고 거침없이 달려들지만 누군가는 외면한다. 어떤 선택을 하든 살면서 일어나는 모든 일은 언젠가는 부메랑으로 돌아온다. 언젠가는 나에게도 위급한 상황이 찾아온다는 것이다. 누군가에게 따뜻한 손길을 베풀면 내가 도움이 필요할 때 친절한 '수호천사'를 만나게 된다. 누군가 나에게 간절하게 도움을 청하는데 "내가 아니어도 누군가가 할 거야" 아니면 "너무 위험해"라며 외면해버리면 내가 절박한 상황을 만나게 될 때 도움을 받지 못하게 된다. 보통 사람들은 "나는 그렇게 되지 않을 거야, 난 늘 조심하거든."이라고 말하지만 세상살이는 가족, 직장동료, 친구, 이웃들과 보이지 않는 끈으로 이어져 있고 모두와의 관계 속에 살아가기에 언제 어디서 무슨 일이 일어날지 알 수 없다. 회사를 출근하고 사람을 만나 밥을 먹고 술을 마시고 또 멀리 해외로 출장을 간다. 길을 가다 발을 잘못 디뎌 블랙홀에 빠질 수도 있고 나는 조심해서 운전하지만 뒤에서, 옆에서, 앞에서 오는 트럭이 들이받을 수가 있다.

그러니 내가 할 수 있는 여건 내에서의 배려와 친절은 반드시 베풀며 살아야 한다. 배려와 친절 나아가 희생은 자신의 의지와는 다른 방향으로 나타날 수 있고 빛나며 또 값진 것이다. 희생을 해본 사람은 자신과 타인을 함께 생각하며 진정으로 뿌듯함을 느낀다. 희생은 사람의 인품을 강하게 만들어주며 한 단계 성숙하게 만든다. 그런 인격을 가진 사람은 언제 어디서나 베풀 준비가 되어 있어 늘 주변을 감동시킨다. 한 사람의 따뜻한 배려, 큰 희생이 살만한 세상으로 만든다. 세상은 당연하게 이루어져야 할 생각이나 행동이 당연하지 않은 생각과 행동으로 이어질 때 모두가 혼란에 빠지게 된다. 한 예로 길바닥에 쓰러진 사람을 보았다고 하자. 어떤 사람은 도움을 줄 것이고 또 어떤 사람은 모른 척하고 지나간다. 외면하는 사람보다 도움을 주려는 사람이 많아져야 세상은 살만하다고 말할 수가 있다. 그러나 현실은 그 반대일 때가 많다. 얼마 전 대전과 서울에서 심장마비로 의식을 잃고 쓰러진 택시기사를 내버려 둔 채 떠난 승객도 있듯이. 대부분 "모르는 사람이니까, 내 가족이 아니니까, 나는 바쁘니까, 다른 사람이 하겠지 뭐."라며 외면해버린다. 물론 누군가는 도움을 준다.

어려서부터 부모에게서나 학교에서 도움이 필요한 사람을 꼭 도와야 한다고 배웠다. 그러나 현실에서는 그렇게 행동하는 사람이 많지 않기에 세상이 삭막하고 각박하다고 느끼는 거다. 세상이 이론대로 펼쳐지지 않기에 고민을 하게 되고 답답함을 느낀다. 마치 교사가 새로운 무엇인가를 가르칠 수 있지 않을까 기대하며 시도했는데 새로운 그것을 받아들이는 학생이 관심을 보이지 않을 때 오는 그 허탈함과 비슷하다. 그러나 배려도, 친절도, 희생도 시작이 중요하고 무엇이든 시작이 있으면 끝이 있으니까 끝을 알고 진중하게 달음질쳐 나갈 때 세상은 환해진다. 마치 인명구조를 해본 적 없는 회사원, 교사, 엔지니어 등이 모여 만든 시리아의 구조단체인 하얀 헬멧의 기적처럼, 한 사람 두 사람의 친절과 배려, 나아가 희생의 손길이 해피바이러스가 되어야 수천 수만 명의 생명을 구하게 된다. 친절, 배려, 희생은 대단하지 않다. 가까이에 어디에나 있다. 횡단보도 앞에서 서성이는 앞을 보지 못하는 사람에게 방향을 찾아주는 일, 지하철 계단에서 마주친 할머니의 무거운 가방을 들어주는 일, 아들 집을 찾아 헤매는 시골에서 올라온 아주머니를 목적지까지 안내해주는 일 등 생각해보면 너무 많다. 귀찮아서 시간이 없다는 핑계로 외면해 버리기 때문이다. "나 힘들 때 누가 도와주지?"라고 세상에 의문부호 던지지 말고 나의 도움이 필요했던 누군가를 외면한 적은 없는지 스스로를 돌아보면 된다. 도움을 주는 사람은 처음부터 그렇게 태어난 것이 아니다. 또 정해져 있지도 않다. 도움을 받은 사람도 태어나면서부터 정해지지 않고 도움을 받았으면 언젠가는 도움을 주는 상황에 처하게 된다. 나도, 그도 주인공이 될 수 있다. 가까운 곳에서부터 실천하면 된다. 모든 출발은 마음먹고 용기 있게 행동함으로써 이루어진다. 주면 받고 받으면 또 주게 되는 것이 인생사다.

누군가 그대를 향해

도움의 손길을 내민다면 주저하지 마라.

웃으며 기꺼이 손을 잡아주라.

죽도록 힘이 든다면 손을 내밀어라.

부끄러워하지 말고 겸허히 받아라.

내일로 미루지 마라.

지금 주고 싶은 마음도

지금 받고 싶은 미음도

내일이면 헛헛하게 사라질 수 있다.

지금, 여기, 이 사람에게 받아라.

#4. 익숙하지만 조금은 낯선 하루

돈으로 살 수 없는 것들

돈은 많은 것들의 껍데기일 뿐 알맹이는 아니다.
돈은 음식을 가져다주지만, 식욕은 가져다주지 못한다.
돈은 약을 가져다주지만, 건강은 가져다주지 못한다.
돈은 지인을 만들어주지만, 친구는 만들어주지 못한다.
돈은 하인을 만들어주지만, 충성은 만들어주지 못한다.
돈은 쾌락을 안겨주지만, 평화나 행복은 가져다주지 못한다.

— 헨리 입센

4월에 피는 꽃인가,
12월에 피는 꽃인가

　　　　　　　　　　　사람의 인생사에는 수많은 테마가 흐른다. 화려하고 칙칙하고 어둡고 섬뜩한 것들이 단 하나의 어울림으로 다가올 때 '아름답다'는 감탄사가 나온다. 인생도 마찬가지다. 화려하고 맑다가도 어둡고 깜깜한 시기를 만난다. 원치 않았던 감당하기 버거운 일이 블랙홀이 되어 앞을 가로막는다. 바람을 이긴 나무가 땅속 깊이 뿌리를 내리듯 버겁다고 생각했던 시련도 이겨내고 보니 아름다운 추억으로 남는다. 또 버거웠던 시련을 이겨내는 동안 이전보다도 더 넓고 깊은 시야를 가질 수 있도록 성장시킨다. 도스토옙스키의 《카라마조프의 형제들》에 보면 이런 말이 나온다. "고통은 곧 생활이다. 고통이 없는 인생은 아무런 쾌락도 없다" 수많은 시련의 이정표를 하나씩 걷어내고 지나가야 진정으로 감탄사를 연발할 수 있는 기쁨을 만나게 된다. 장애물을 하나씩 거둬내면서 나아갈 때 느끼는 희열은 말로 표현할 수 없다. 누구는 그것을 기적의 순간이라고 표현하기도 한다. 수천 개의 삶의 조각은 살아가는 자가 마땅히 밟고 지나가는 길일 뿐이다. 때로는 발바닥이 주사바늘에 찔린 듯 따끔거리도록 아프고 때로는 발바닥이 마사지를 받은 듯 가볍고 시원하다. 누구에게나 마찬가지다. 다만 사람마다 각각 중량의 차이만 있을 뿐이다. 이루고자 하는 것이 높고 무거울수록 실패도 많고 고통도 크다. 그럼에도 불구하고 어려움을 어떻게 극복하느냐에 따라 결과물의 가치가 달라진다. 힘든 일에 부딪칠 때마다 극복하려 하지 않고 한 걸음 뒤로 물러나거나 아예 포기한다면 시련은 커질 뿐이다. 지금은 울지라도 온전히 치러야 할 내 것으로 받아들여야 머지않아 웃을 수가 있다.

삶의 모든 조각은 책임 있는 주인으로 살아갈 수 있는가, 없는가, 즉 주인공이냐 조연이냐를 테스트하는 과정이다. 살면서 마주하는 기쁨뿐 아니라 질병, 실패, 실직과 같은 온갖 어려움을 극복해야 내 인생의 멋진 주인공이 된다. 꽃의 일생을 보자. 4월에 피는 꽃이 있고 12월에 피는 꽃이 있지 않은가. 불행한 인생의 주인공으로 알려진 화가 '고흐'도 지금이야 그림 한 점이 수백 억을 호가하지만 살아생전에는 자신의 그림이 한 점도 팔리지 않았던 불우한 화가였다. 지금 당장 빛을 보는 것도 중요하지만 시간이 많이 흐른 후에 빛을 보는 것도 나쁘지 않다. 누구나 자연처럼 한 번의 꽃을 화려하게 피울 기회는 여러 번 있다. 놓치거나 모르고 지나칠 뿐. 경험을 많이 할수록 기회도 많아진다. 경험을 통해 살아가는 법도 배우고 삶의 지혜도 늘어난다.

자연을 돌아보라. 꽃을 피웠다가도 낙엽이 되고 토양에 양분을 남기며 한겨울의 혹독한 추위를 온몸으로 견뎌내야 다시 붉디붉은 동백꽃을 피울 수 있다. 사람의 일생도 마찬가지다. 오늘 고통스럽다면 내일, 아니면 모레는 즐거움이 찾아온다. 기쁜 것만 껴안고 슬픈 것은 밀어내는 것이 아니라 모두를 겸허하게 포용해야 한다. 내 앞에 멈춘 것을 그대로 껴안아야 한다. 진정한 '받아들임'이 이루어질 때 살아가는 과정이 즐겁고 행여 아픔이 찾아와도 행복했던 추억을 되새기며 견뎌 낼 수가 있다. 아름다운 행복의 꽃을 피울 수 있는 사람은 처음부터 정해져 있지 않다. 누구나 한 번은 아름답고 화려한 꽃을 피울 수가 있다. 하지만 누구나 화려한 꽃을 피우지는 않는다. 확고한 믿음, 현명한 선택, 간절한 열망, 꿋꿋한 추진력, 불굴의 의지, 강인한 노력을 후회 없이 다 쏟아붓고 겸손하게 기다리면 된다. 만족하든 만족하지 못하든 간에 결과물에 대한 보상은 있다. 대단한 결과물을 얻으면 최고의 카타르시스를 느낄 것이고 결과물이 좋지 않더라도 과정이 즐거웠으면 다시 도전을 하게 된다. 어떤 도전이든 포기해서는 안 된다. 그 어떤 가슴 아픈 시련을 마주하더라도 자존감을 갖고 꿋꿋이 맞서야 한다. 잔인한 운명이 닥치더라도 고결한 태도를 가지고 이겨내야 한다. 확고한 신념이 있으면 느리게 천천히 다가가더라도 결국은 아름다운 꽃을 피우게 되리라.

봄이 오면 농부는 들판으로 나가 똑같은 씨앗을 뿌린다.

그러나 가을이 오면 추수하는 열매는 모두 다르다.

달콤한 열매를 가득 쥔 농부는 시간이라는 모래알을 정성껏 사용했을 것이고

썩은 열매를 가득 쥔 농부는 시간이라는 모래알을

헛되이 흘려보냈기 때문이다.

모든 일에는 시작과 끝이 있다.

시작은 씨앗이 되고 끝은 열매가 된다.

그대는 씨앗을 뿌릴 수 있고 열매를 수확할 수 있다.

그러나 열매의 가치는 다를 수밖에 없다.

과정을 어떻게 보냈느냐에 따라 추수의 결실은 달라질 테니까.

그대, 지금 무엇을 하고 있는가!

새우등처럼 몸을 구부리고 땀 흘리며 일하는 구릿빛 얼굴의 농부가 보이는가!

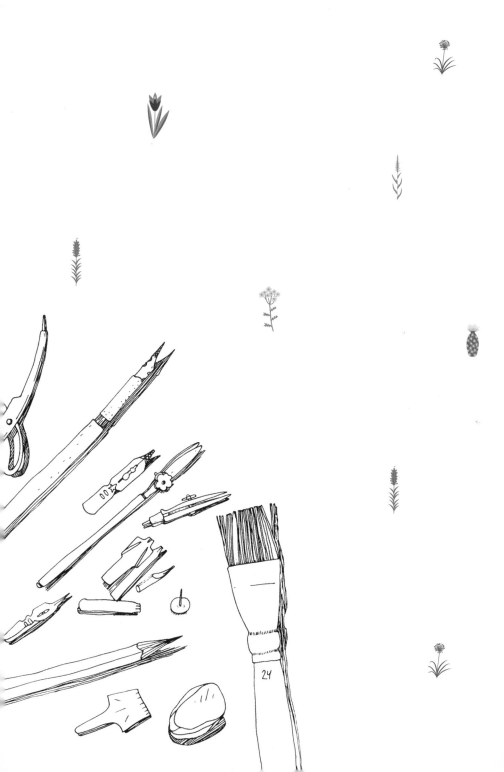

사랑스런 가을이여!
가까이 오라

아침, 저녁으로 쌀쌀한 기온만 견딜 수 있다면 11월의 가을은 무척이나 아름답고 평화롭다. 무심코 올려다본 하늘이 이렇게 시리도록 파란색이었나 싶을 정도로 가을은 모두를 시인으로 만드는 절대미학의 시간이다. 노오란 국화꽃을 보면서도 괜스레 울고 싶어지거나 나아가 가슴 아프도록 절절한 사랑의 유혹에 빠지고 싶다. 가을은 살아온 날들에 대한 회한과 고백의 시간이다. 어느 작가의 고백처럼 서글퍼서, 아니면 아쉬움 때문일 수도 있겠지만. 그렇게 가을은 겨울을 향하여 줄달음쳐 가는 시간 앞에 정중히 겸손하게 무릎을 꿇는다. 가을 밤, 달이 밝은 가을 밤 창가에 서면 근원을 모르는 그리움이 목까지 차오른다. 이것이 가을의 얼굴일까? 연약한 몸을 거친 바람에 휘둘리며 가녀린 손짓을 하는 코스모스 행렬, 무리 지어 처연한 아름다움을 자랑하는 들국화의 애잔한 미소, 붉게 물들어 가는 빨간 단풍잎, 곧 동장군을 대동하여 찬 북풍에 휩쓸릴 은행잎, 청명한 하늘에서 낮게 낮게 날다가 꽃잎에 살포시 내려 앉아 휴식을 취하곤 하는 빨간 고추잠자리, 자연의 무대에서 풀벌레들의 합창이며 가을의 전령사 귀뚜라미 소리, 아마도 가을이 없었다면 인간에게 철학이 없었을 것이라던 어느 시인의 말이 떠오른다. 누구나 가을의 긴 밤을 통해서 사유의 깊이를 더하며 자신을 가져 보는 시간을 갖는다. 누가 시켜서 그렇게 하는 게 아니라 가을이 오면 저절로 이루어지는 자연스러운 현상이다.

삼청동 가로수 길을 거닐면 이효석의 '낙엽을 태우면서'란 글이 생각나고, 고창 국화꽃길을 걷노라면 미당 서정주의 '국화 옆에서'가 생각난다. 몽글몽글 이제 막 피어나기 시작한 노란 꽃봉오리가 푸른 줄기 사이로 마치 노란색 물감을 칠한 안개꽃을 닮았다. 인사동이나 대학로를 지나가다 보면 구르몽의 낙엽이라는 시와 고엽이라는 노래가 커피하우스에서 흘러나온다. "시몬, 나뭇잎새 져 버린 숲으로 가자. 낙엽은 이끼와 돌과 오솔길을 덮고 있다. 시몬 너는 좋으냐, 낙엽 밟는 발자국 소리가? 낙엽 빛깔은 정답고 쓸쓸하다. 낙엽은 덧없이 버림을 받아 땅 위에 있다. 시몬 너는 좋으냐, 낙엽 밟는 발자국 소리가? 석양의 낙엽 모습은 쓸쓸하다. 바람에 불릴 적마다 낙엽은 상냥스러이 외친다. 시몬 너는 좋으냐, 낙엽 밟는 소리가? 가까이 오라, 우리도 언젠가는 가련한 낙엽이리라. 가까이 오라, 벌써 밤이 되었다. 바람이 몸에 스민다. 시몬 너는 좋으냐, 낙엽 밟는 발자국 소리가?" 시인의 시의 대답으로 내 발에 밟힌 낙엽은 애잔하게 속삭이는 듯하다. "가까이 오라. 우리도 언젠가는 낙엽이 되리니"라고.

돌아보면 나에게도 가을의 추억이 많다. 첫사랑을 시작한 시기도 가을이고 잊지 못할 지독한 사랑에 빠진 순간도 가을이다. 심지어 끝이 예고된 혹은 끝을 직감한 불같은 사랑을 한 적이 있다. 지긋지긋하게 영원으로 끌고

가면서도 끝을 알기에 불행의 그림자를 안으며 웃고 울어야 했다. 나흘간의 불같은 사랑을 나누는 영화 〈매디슨 카운티의 다리〉에서 나오듯 모든 것을 걸 정도로 모험에 빠진 사랑은 세상을 들었다 놨다 하는 강렬함이 있다. 불타도록 서로를 응시하는 눈빛은 애틋함을 그대로 전해주고 헤어지기 아쉬워 차문을 쥐었다 놓았다 하는 애타는 마음은 전율 그 자체다. 그래서 끝을 알면서도 위험한 사랑의 늪에 빠지게 된다. 애틋한 사랑일수록 헤어지는 순간은 울컥하다. 더하여 그 어떤 시간의 오랜 풍화작용에도 퇴색되거나 흐려지지 않고 선명한 그리움으로 심장에 새겨진다. 그런 사랑이 때로는 삶의 이유가 되고 힘이 된다. 영화 〈매디슨 카운티의 다리〉의 로버트와 프란체스카의 마음처럼 오래도록 아릿하다. 끝까지 서로를 그리워하다 일생을 다하고 '매디슨 카운티의 다리'에서 만나는 주인공처럼 죽도록 사랑한 기억은 예고 없이 불쑥 찾아오는 불행에도 꿋꿋이 일어나 열심히 최선을 다해서 살아가는 것이다. 어느새, 얼굴을 감싸 안는 가을바람은 몸서리치도록 사랑한 추억을 불러내어 연거푸 후회와 위로를 쏟아내고 있다. 비정상인 줄 알면서도 위험에 빠지게 만드는 주인이 가을에 다가오는 빨간 그리움이다.

달빛 아래

그리움이 한 켜, 눈물이 한 켜,

지치도록 쌓인다.

그리움과 기다림의 랑데부

하얀 눈 되어 내린다.

눈은 무릎, 허리, 전신을 덮는다.

휘돌아 치는 사랑,

그 안에 내가 갇혔다.

아! 행복하다.

아름답게
나이가 든다는 것은

누구나 '나이 든다는 것'을 한 번쯤 고민한다. 거울과 멀리하게 되고 '나이 듦' 그 자체를 고민하게 된다. 또 어떻게 나이 들 것인가, 늙어가는 나와 어떻게 마주할 것인가를 고민하게 된다. 나이 든다고 해서 모두가 정서적으로 성숙해지고 진정한 내면의 아름다움이 완성된, 모두가 인정하는 어른다운 어른이 되지 않는다. 때문에 나이 드는 과정에서 치열한 고민과 정서적 반감을 수시로 경험한다. 미래의 불확실성을 견디지 못하고 '아, 나도 이제 나이에 무릎 꿇어야 하나?'라는 생각이 뇌를 스친다. 그 생각이 나를 지배하게 되면 그냥 주저앉는 일도 생긴다. '늙는 것'은 단지 나이에 따라 진행되는 생물학적 자연현상이 아니다. 좋은 이유도 있다. 나이와 함께 다소 행동이 느려지면서 다른 것들을 소화하는 능력이 확장되고, 마음에는 여백이 생긴다. 경험이 풍부했던 만큼 좀 더 지혜로워진다. 다시 말해 어떤 일을 할 때 시간이 더 걸릴 뿐이다. 20~30대에 일주일이 걸리던 일이 40대가 훌쩍 지나면 2~3주의 시간이 걸린다. 모든 것이 느리게 작동되며 때로는 실수를 자주 하게 된다. 그렇다고 해서 '후진'을 한다거나 '일시정지'를 해서는 안 된다. 당장 힘들어도 '나다움'을 유지하며 품위를 지키는 것이 중요하다. 젊어서는 스마트한 게 중요했다면 나이가 들어서는 신뢰감을 줄 수 있는 존재가 되어야 모든 것이 물결처럼 평화롭다. 나이가 든다는 것은 절망의 사유가 아니라 소망의 토대이고, 저물어 가는 것이 아니라 조금 더 성숙해 가는 과정이다. 그러니 억지로 버티려 하거나 애써 밀어내지 말고 두 팔 벌려 반갑게 받아들여야 한다.

제아무리 화려한 수식어가 따라다닐 만큼 성공한 사람이라도 여러 번의 실패를 맛보았을 것이고 여느 직장인과 다름없이 주기적으로 슬럼프가 찾아왔을 것이고 사표를 써서 가지고 다녔을 것이다. 그런 상태가 오면 분명히 내면은 늘 전쟁터가 되어 늘 자신과 싸우게 된다. 다만 그 고비를 이겨내어 스스로를 단단하게 지켜 엘리베이터를 타는 사람이 있고 그 과정을 견디지 못해 쉽게 휘둘려 벼랑으로 떨어지는 사람이 있다. 무엇을 하든 뿌린 대로 거둔다는 진리를 자신에게도 정확하게 적용시키는 사람이어야 성장도 가능하다. 나이가 들어서는 더하기보다 빼기를 잘해야 한다. 건강하게 나이 들기 위해 작은 하나라도 '빼기'를 꾸준히 하자. 음식의 양, 음식의 가짓수, 소유하는 것을 조금씩 줄여 나가자. 해야 할 일도 우선순위를 정해도 그만 안 해도 그만인 것은 횟수를 줄이자. 모든 것을 최소화하는 습관을 갖자. 그것만으로도 삶의 무게가 훨씬 가벼워지고 건강해진다. 해야 할 것들이 의무감으로 다가올 때, 하지 못해 안달이 날 때 삶은 무거워지고 강박증의 굴레 속으로 빠지게 된다. 무엇이든 덜어내고, 나누고, 단순화시켜 몸과 마음이 가벼워져야 건강도 지키며 하고 싶은 일도 즐기며 살 수 있다. 무엇이든 우선순위를 나에게 두자. 입는 것도 내가 좋아하는 것, 먹는 것도 내가 먹고 싶은 것을 스스로에게 대접하자. 보고 싶은 영화를 보고 배우고 싶었던 강의를 등록하고 좋아하는 곳을 찾아가는 것만으로도 '나를 위한 선물'이 된다. 일 년에 몇 번 만이라도 나를 위한 날을 만들자. 사소한 것이라도 자신에게 선물하게 되면 색다르고 설렘을 맛보게 된다. 만족의 상태가 최고조가 되면 눈가의 햇살처럼 번져가는 주름도, 새까맣던 머리가 점점 하얗게 변해가도 아름답게 느껴진다. 애써 감추려 하지 않고 늙어가는 것을 가슴으로 느끼며 사랑하게 된다.

고창의 단풍나무숲에 가면 400년 된 단풍나무가 붉은 잎으로 하늘을 덮고 있다. 너무나 키가 크고 웅장하여 고개를 높이 들어 하늘을 보아야 붉은 옷을 입고 춤을 추는 단풍나무를 볼 수 있다. 고창에 갈 때마다 생각지 못한 풍경이 나를 설레게 한다. 밤새 은밀하게 내린 비로 인해 은행잎이 여러 군데 떨어져 있었다. 서로를 부둥켜안고 겹겹이 쌓여 붉은 카펫을 밟는 것처럼 푹신하기까지 했다. 가을 단풍잎이 이렇게 아름다울 줄이야……. 나도 모르게 '예쁘다, 예쁘다'를 연발했다. 이렇게 눈물겹도록 아름답게 심장을 두드리며 설렘으로 다가온 적은 없었으니까. 400년 된 단풍나무인데 이렇게 아름다울 수가! 단풍나무처럼 사람도 자연스러우면서도 아름답게 늙어갈 수는 없을까? 욕심을 내려놓으면 좋을 텐데. 그게 쉽지가 않다. 가끔 자연스럽게 늙어가는 사람을 보면 부럽고 당당하다는 느낌까지 든다. 늙어감에는 젊은이들이 가질 수 없는 특별한 아름다움이 있다. 세상을 편안히 관조할 수 있고 경험으로 다져진 지혜와 넉넉함으로 모든 것을 바라보기에 여유가 있어 아름답다. 어떤 경우도 젊었을 때보다 감사하는 마음, 동정하는 마음, 이해하는 마음으로 살아가기에 억지나 가식을 멀리하게 되어, 있는 그대로를 사랑하게 된다. 아름답게 늙어가는 사람 중에 광고 모델도 많다. 아파트, 화장품을 비롯한 각종 생활용품에서 두루두루 다양하게 찾아볼 수가 있다. 마흔의 여자가 성형을 해서 이십 대 중반으로 보인다면 어딘가 모르게 불편하다. 세월의 무게를 당당히 보여주는 것이 더 친숙하고 편안하다. 원하는 곳을 예쁘게 성형한다고 해서 마음까지 예쁘게 성형할 수는 없다. 나이를 먹는다는 것은 나무의 편안한 나이테처럼 누구도 흉내 낼 수 없는 나만의 고운 결을 갖게 되는 것이다. 비록 낡았지만 볼수록 마음이 가는 골동품처럼 인생을 갈무리할 즈음 앞을 보아도 멋지고 뒤를 보아도 멋지고, 품위 있게 늙어간다면 이보다 더 행복한 날은 없을 것이다. 자연스러우면서도 멋지게 나이가 들어야 당당하고 아름다울 수가 있다.

수많은 시간을 보내고

노을 진 석양이 익숙해질 만큼 익숙해졌어도

인생에는 돌이킬 수 없는 일들이 너무나 많지만

억지로라도 어찌해서라도 돌아가고 싶은 마음

마지막 노래, 마지막 인사가 달달히 느껴지는 날

나는 좋을 것이다.

아름답게 나이가 드는, 그래서 초연해지는 날이.

눈물 나도록 좋을 것이다.

누군가 잘 지내느냐고 묻는다면

나는 조금씩, 천천히, 더디 가고 있노라고

대답하고 싶다.

꽃무릇은
무엇이 그리워
그토록
빨갛게 멍들었을까

유난히 뜨거웠던 여름의 끝자락과 가을이 공존하는 9월에 선운사로 발길을 옮겼다. 사방에 하늘하늘 꽃무릇이 꽃망울을 터트리며 시선을 사로잡는다. 꽃무릇의 꽃말은 '이룰 수 없는 사랑'이다. 꽃과 잎이 만나지 못하는 꽃무릇은 꽃이 진 후에야 잎이 피어난다. 애절한 사랑을 담은 설화도 있다. 옛날에 선운사 스님을 짝사랑하던 여인이 상사병에 걸려 죽었고 이듬해 그 무덤에서 꽃이 피어났다고 한다. 이루어질 수 없는 사랑을 상징하는 이 꽃에 상사화라는 이름을 붙인 까닭이다. 누군가 못내 그리워지는 이 가을, 어디론가 훌쩍 떠나고 싶다면 선운사로 가자. 붉은 마스카라 칠한 여인의 속눈썹처럼 요염한 유혹에 즐겁게 넘어갈 수 있다. 붉은 물감을 뿌려 놓은 듯 붉게 반짝이는 꽃무릇의 레드카펫에 이르면 이 세상의 주인이 된 기분을 느낀다. 무리를 이루어 핀다고 '꽃무릇'이라는 별칭으로 살지만 상사화는 아니다. 상사화는 칠월칠석 전후로 잎이 진 뒤에 연분홍이나 노란 꽃이 피는 데 반해, 꽃무릇은 추석을 전후로 꽃이 핀다. 꽃이 진 뒤에 잎이 나와 꽃과 잎은 서로 만나지 못한다. 단풍도 이보다 고울 수 없다. 가느다란 꽃줄기 위로 여러 장의 빨간 꽃잎이 말아 올린 듯한 자태가 멀리서 보면 빨간 우산을 가득 펼쳐 놓은 듯하다. 폭죽처럼 핏빛 꽃망울을 일제히 터뜨린 꽃무릇을 보노라면 발걸음도 가벼워진다. 붉은 파도가 넘실대는 듯 꽃무릇은 고즈넉한 가을밤을 활활 태운다. 이루어질 수 없는 사랑이 이토록 애절해서일까. 빨갛게 멍든 꽃잎과 여인의 속눈썹처럼 긴 꽃술이 가녀린 꽃대에 의지해 하늘거린다. 꽃무릇의 핏빛 그리움에 취한 나는 기어코 꽃 멀미를 한다. 이해인 수녀는 〈상사화〉라는 시에서 꽃무릇을 이렇게 표현했다.

아직 한 번도 당신을 직접 뵙진 못했군요
기다림이 얼마나 가슴 아픈 일인가를
기다려보지 못한 이들은 잘 모릅니다
좋아하면서도 만나지 못하고
서로 어긋나는 안타까움을
어긋나 보지 않은 이들은 잘 모릅니다
날마다 그리움으로 길어진 꽃술
내 분홍빛 애틋한 사랑은 언제까지 홀로여야 할까요
오랜 세월 침묵 속에서 나는 당신께 말하는 법을 배웠고
어둠 속에서 위로 없이도 신뢰하는 법을 익혀왔습니다
죽어서라도 꼭 당신을 만나야지요
사랑은 죽음보다 강함을
오늘은 어제보다 더욱 믿으니까요

꽃무릇의 일생은 그저 신비로울 뿐이다. 꽃이 지고 난 후 돋아난 무

성한 잎은 겨울과 봄을 지나 여름이 오면 모두 사라진다. 새로운 꽃을 피우기 위해 자신을 희생한다. 가을이 오면 가녀린 꽃대 하나가 땅속에서 불쑥 고개를 내민다. 그 꽃대는 우후죽순처럼 키가 커져 초가을에 붉은 꽃을 피운다. 황금색으로 곱게 물들어가는 들판을 배경으로 하나둘씩 피어나는 꽃무릇은 가을이면 만날 수 있는 매혹의 풍경이다. 이해인 수녀가 노래했듯 바라만 보아도 숨이 막히는 꽃무릇의 황홀한 자태에는 슬픔과 고독이 짙게 배어 있다. 꽃을 피운 지 일주일 만에 지고 마는 그 꽃무릇이 눈물처럼 영롱한 빗방울에 젖어 영원히 만나지 못할 임을 그리워하는 듯하다. 꽃무릇을 지그시 바라보고 있노라면 감나무에 발갛게 익어가는 홍시마냥 몸도 마음도 빨갛게 익어간다. 붉고 고운 빛깔에 취해 들판을 걷노라면 꽃무릇의 요염한 눈길에 심장박동 소리는 빨라지고 걸음은 술 취한 듯 흐느적거린다. 폭죽과도 같은 붉은 불꽃들이 소리 없이 내려앉은 곳, 천국이 따로 없다. 여인의 속눈썹을 닮은 꽃무릇은 깊어진 그리움을 온몸으로 토해낸다. 아! 가을아, 꽃무릇은 무엇이 그리워 그토록 빨갛게 멍들었니?

스며드는 각 플랫의 너의 목소리

밀려왔다 쓸려갔다

흐르다가 멈추다가

원칙을 깨며 춤을 춘다.

너의 기억이 자꾸만 흐려지고

가난해진다. 쓸쓸해진다.

그토록 찾아 헤매던 그것이
바로 여기,
내 곁에 숨어 있다는 것을

　　　　　　　　　　나도 그렇지만 가끔씩 뉴스를 볼 때
마다 세상이 원칙대로 돌아가지 않아 못마땅할 때에 내뱉는 말이 있다. "웃
기는 세상이야. 누구는 계단으로 올라가고, 누구는 엘리베이터 타고 올라가
고……. 세상이 왜 이렇게 불공평할까?" 그렇다. 누군가는 버스를 타고, 누군
가는 택시를 타고, 누군가는 기사 딸린 자동차를 탄다. 또 누군가는 전용비
행기로 하늘을 난다. 학교에서 배울 때에는 노력하면 얼마든지 계층 상승 사
다리를 오를 수 있다고 가르친다. 그러나 자세히 들여다보면 학교 안에서도
계층이 존재한다. 학급임원이나 학교 성적으로 학생의 등급을 매긴다. a, b,
c, d……. 어쩔 수 없다. 상위 10%는 태어날 때부터 금수저를 물고 하위 10%
는 흙수저를 물고 나온다. 출생의 신분은 나의 의지와는 관계가 없다. 외모
도, 지능도, 성격도 공평함과는 거리가 있다. 이 어찌 세상이 공평하다고 말
할 수 있겠는가. 그럼에도 불구하고 "세상은 공평하지 않다"는 사실을 인정
해야 내 그릇의 크기를 가늠하게 된다. 나를 정확히 보아야 내 눈높이에 맞
는 목표가 정해진다. 그것이 흙수저를 물고 태어나도 위로 오를 수 있는 기
회를 만들게 된다. 어쩔 수 없다. 흙수저를 물고 태어났다 여겨지면 스스로
노력해서 금수저로 만들어 가야 한다. 차근차근 금수저로 바뀌기 위해 도전
하는 방법밖에는 없다. 아무리 한탄해 봐야 노력하지 않고서는 부모 그릇의

크기보다 넘치지는 않는다. "아버지처럼 살지 않겠어, 엄마처럼 살지 않겠어"라는 말을 수없이 쏟아내 봤자 노력하지 않으면, 그 이하면 이하지 부모 이상의 삶을 살지 못한다. 나이가 들어 어느 날 시간을 돌려 보면 그때 아버지의 말씀, 어머니의 충고가 맞았던 것을 알게 된다. 그리고 조금씩 부모의 삶을 닮아가고 있다는 것도 느끼게 된다. 지금은 전업 작가로 글을 쓰면서 살고 있지만 나도 그랬다. 공무원이셨던 아버지의 길을 가지 않기 위해 죽어라 공부도 했지만 결국은 아버지의 그림자를 벗어나지 못하고 아버지의 삶을 따라 교사의 길을 갔다.

세상이 공평하지 않기에 경쟁이라는 단어가 생겼다. 먹고 입고 자는 것을 국가가 책임을 져준다면 과연 일할 사람이 몇이나 될까. 목숨까지 걸면서 앞서려 하지 않을 것이고 죽어라 일을 하지도 않을 거다. 치열하게 경쟁한다는 것은 역설적으로 말하자면 뭔가 부족하고 불공평하다는 증거다. 경쟁이 있기에 사회에서는 부자가 있고 가난뱅이가 존재하고 학교에서는 일등이 있고 꼴찌가 존재한다. 동물의 세계를 보자. 치열한 정글 숲이 아니라면 힘의 서열도 존재하지 않을 거다. 사자와 호랑이가 싸우면 누가 이길까? 답은 간단하다. 특별한 사고가 없다면 경쟁의식이 강한 쪽이 이길 거다. 강한 경쟁심이 있으면 늘 싸움에 이기기 위해 준비를 하기 때문이다. 삶은 경쟁이 아니라고 부정해도 좋다. 그러나 경쟁을 원하든 원하지 않든 무엇을 하더라도 경쟁에 노출되어 있다. 하다못해 커피 한 잔을 사서 마시더라도 앞자리를 차지하기 위해 발걸음을 재촉해야 한다. 경쟁이라는 것은 상대방을 벼랑 끝으로 몰아갈 의도가 없더라도 승리라는 월계관을 쓰기 위해 쓰러뜨리고 무너지기도 한다. 승리한 자만이 최고의 자리에 오를 수 있기 때문이다.

우리나라에도 여자 대통령이 탄생했다. 성별을 떠나 치열하게 노력해서 경쟁했기 때문에 대통령이라는 최고의 자리에 올랐다. 경쟁을 통한 차별적 보상은 그래서 값진 거다. 빌게이츠는 "가난하게 태어난 것은 당신의 잘못이 아니지만 가난하게 죽는 것은 당신 책임이다"라고 말했다. 가난한 사람에게는 더럽고 치사하게 들릴지 모른다. 하지만 이것이 자본주의의 흐름인 것을 어찌 하겠는가! 옛날에는 '개천에서 용 난다'는 말을 했다. 또 흙수저를 물고 태어나 금수저로 바꾼 사람들이 많았다. 대통령도 있고 정치가도 있고 판사, 의사, 수없이 많았다. 그러나 지금은 '개천에서 용이 사라졌다'는 말을 하고, 부자도 가난도 대물림이 된다는 말을 한다. 분명 노력만으로 신분 상승의 기회는 줄어들었다. 그럼에도 여전히 "개천에서 용은 나온다." 그 존재가 내가 될 수 있다는 것을 확신하고 도전하면 된다. 무한 경쟁 속에 나를 밀어 넣자. 그래야 안개 속 같은 세상이 조금씩 보이게 된다. 어떤 일이 있어도 경쟁이라는 경기장에서 벗어나지 말자.

얼마 전 경제학자 토드 부크홀츠는 국내 한 일간지와의 인터뷰에서 "인간이 경쟁을 통해 좋아진 것이 있느냐?"라는 물음에 "경쟁으로 인해 더 오래, 더 건강하게 살게 되었고 인류의 수명은 지난 200년간 2배 가까이 늘었다"고 말했다. 맞는 말이다. 19세기 초 미국의 기대 수명은 47세였다. 그러나 지금은 100세이다. 경쟁이 없었으면 문명의 혜택도 누릴 수가 없다. 에어컨과 난방, 스마트 폰도 경쟁을 통해 만들어진 산물이니까. 행여 인간의 본성이 경쟁적이지 않더라도 경쟁으로 인해 건강하고 편안해져 더 많은 행복감을 느끼고 있다. 흙수저니, 금수저니 탓하거나 부러워하지 말자. 돈이 많든 적든 간에 삶의 목적은 행복이다. 그 행복을 찾기 위해 돈을 벌고 성공을 위해 달리지 않는가. 그렇다면 분수껏 찾아 노력하면 행복해진다. 돈이 나에게 행복을 주는 조건이라 생각한다면 돈을 벌 수 있는 일을 찾아 하면 되고 돈이 많지 않아도 명예가 행복을 안겨준다 생각 들면 그 명예를 좇아 한 계단씩 올라가면 된다. 돈이 많고 명예도 있는데 건강이 행복이라 생각한다면 건강을 찾기 위해 노력하면 된다. 아무리 노력해도 안 되는 일은 그리 많지 않다. 출발지가 땅끝 마을이고 목적지가 서울이라 할 때 죽어라 노력하면 서울에 도착하지 못하더라도 천안이나 수원에는 도착한다. 단 내 눈높이의 정확한 목적어를 가졌을 때 가능하다. 흙수저로 태어났다는 이유로, 여자라는 이유로, 아프다는 이유로, 남 탓하며 목적어를 포기하지 말자. 모두가 내 탓으로 여기면 맘 편하고 지나친 욕심도 채워지지 않는다. 내 것을 찾아 후회 없을 만큼 땀을 흘리자. 일에 미친 사람이 되자. 경쟁하는 것도 용기지만 미치는 것도 용기다. 온몸에 땀이 나고 몸이 휘청거려도 일에 미치자. 미치고 보면 뿌듯한 마음이 든다. 어느 날 회사를 떠나갈 때 누군가에게 '참 열심히 일하다 간 사람'으로 기억될 만큼 미치도록 일과 연애하자. 그래야 성과도 좋다. 그리고 숨 막힐 정도로 꽉 채워져 여백이 필요하다 생각이 들면 다 내려놓고 떠나자. 비움도 기회고 타이밍도 맞아야 한다. 떠나야 마음도 넉넉해진다. 채워지면 비워야 하는 것이 행복의 미학이다. 조금씩 비워지면서 그 안으로 느리지만 편안하게 스며드는 행복을 보게 될 테니까. 내가 그토록 찾아 헤매던 그것이 바로 여기, 내 곁에 숨어있다는 것을 깨닫게 될 테니까.

넋

숨이 턱턱 막힐 정도로 성실하라.

안타까울 정도로 근면하라.

바보라고 부를 정도로 바보스럽게 일하라.

스스로 뿌듯해지도록 느껴라.

그러면 충분하다.

정답은
어디에 있을까

영국 속담에 이런 말이 있다. '하루만 행복하고 싶다면 이발을 하고, 일주일을 행복하고 싶다면 차를 사고, 한 달을 행복하고 싶다면 결혼을 하고, 일 년을 행복하고 싶다면 집을 사고, 평생을 행복하고 싶다면 정직해져라.' 그렇다면 정직하다는 말이 무얼까? 아마도 자신의 분수에 맞게 생각하고 행동하는 것이 아닐까. 분수에 맞는 삶을 생각하니 너무 정직하고 욕심 없이 살림을 하셨던 젊은 시절 엄마의 고단했던 일상이 떠올랐다. 우리 집은 10명이 넘는 대가족이었다. 자수성가하신 아버지는 퍼주는 것을 좋아하셨기에 친척들의 발길이 끊이지 않았고 그 덕분에 엄마는 손에 물 마를 날이 없었다. 늘 엄마 손등에는 김칫국물이 발갛게 물들어 있었고 엄마가 스치며 지나갈 때는 땀으로 범벅된 매콤한 양념 냄새가 났다. 엄마는 쉬지 않고 펌프질을 해가며 퍼 올린 차가운 물로 손빨래를 하셨다. 세탁기도, 가스도, 수도도, 따뜻한 물도 나오지 않던 시절 엄마는 펌프질을 해서 퍼 올린 샘물로 빨래를 방망이로 두들기고 집안을 청소했다. 청소가 끝나면 저녁 반찬을 만들기 위해 걸어서 30분 거리의 시장에 갔다. 시장을 봐서 오면 야채를 다듬고 고기를 썰어 국을 끓이고 7첩 이상의 반찬을 상에 올린다. 식구들이 맛있게 먹으며 그릇을 깨끗이 비워야 엄마의 얼굴에는 함박미소가 번진다. 식구가 많다 보니 밥상을 서너 번 차렸다. 엄마는 늘 연탄불에 국을 데우고 밥이 식지 않게 아랫목에 넣어 두셨다. 설거지를 마치면 그때부터 천수경을 들으며 고추를 다듬거나 마늘을 까셨다. 얼마나 고단했으면 꾸벅꾸벅 졸다가 벽에 머리를 부딪치기도 하셨다. 식구들이 다 들어와 여러 번 밥상을 차려주고 나면 거의 탈진 상태가 되어 코를 골며 주무셨다. 엄마는 신들린 것처럼 일하면서도 행복하다고 했지만 나는 엄마처럼 살기 싫었고 '엄마처럼 살지 않을 거라고' 다짐했지만 지금은 나이가 들수록 얼굴도 성격도 엄마를 닮아 간다는 것을 느끼게 된다.

엄마는 지금 막내 동생과 함께 살고 있다. 몇 년이 지나면 구순이다. 지금은 직접 밥을 짓지 않고 동생이 차려주는 밥을 먹는다. 가끔 인스턴트 음식을 차리면 못마땅한 표정을 짓기도 하시지만 잘 드신다. 엄마는 60년 이상을 밥이고 반찬이고 직접 만들어서 드셨으니까. 그런 이유에선지 비록 마른 몸이지만 생각도 행동도 건강한 편이다. 가끔 엄마한테 질문을 한다. 세탁기도, 전기밥솥, 수도, 가스레인지, 보일러도 없던 그때 그 시절 고단한 살림하느라 힘들지 않았냐고. 엄마는 가족을 위해 시장을 봐서 음식을 만들어 식구들에게 먹이고, 학교로 직장으로 출근시키고 빨래를 하고 청소를 하다 보면 식구들이 퇴근하는 시간이 된다고 했다. 무사히 집안으로 들어오는 가족의 얼굴을 살피며 어떤 날은 행복을 많이 느끼고 어떤 날은 행복을 적게 느꼈을 뿐이라고 대답하셨다. 아마도 아버지가 술을 많이 드시고 고단했던 직장 일을 말하실 때에는 엄마의 얼굴에도 주름살이 늘어 갔고, 자식들의 낯빛이 어두우면 등을 토닥이다가 슬픔을 참으러 부엌으로 가셨다. 집안에 안 좋은 일을 있으면 엄마는 방망이를 더 높이 두드리며 빨래를 하셨다. 마치 아픈 마음을 빨래에 담아 두드리시며 그렇게 홀로 삭이셨을 것이다. 엄마는 그랬다. 팔이 아프도록 펌프질을 하며 물을 퍼 올려 밥을 짓고 찬물에 손빨래를 하며 죽을 만큼 힘들어도 가족의 평안을 위해 버티셨을 거다. 어릴 적 나는 엄마가 되면 아프지도 않고 세상에서 가장 힘이 센 사람이 될 거라 생각했으니까. 내 엄마뿐 아니라 세상의 모든 엄마는 그렇게 살아야 하는 줄 알았다. 어린 마음에 나는 어른이 되어 엄마가 되는 게 두려웠다. 엄마는 손님이 올 때마다 총총 걸음으로 30분 걸어 시장에서 장을 봐서 연탄불에 유과를 만들고 막걸리를 만들며 하루 종일 빨래하고 청소하고 요리하면서도 힘든 내색을 하지 않으셨다. 그러나 잠든 엄마의 모습은 산 사람이라 생각되지 않을 정도로 창백하리만치 파리했다. "엄마" 하며 큰 소리로 불러도 깨어나지 못하셨다. '옛날이 좋았다' 하며 활짝 웃으시는 엄마의 눈가에 촉촉이 이슬이 맺혔다. 엄마의 꿈은 아마도 전업주부가 아니었을까 하는 생각이 스치듯 지나갔다. 그래, 행복은 보이는 것이 아니라 느껴지는 것이니까. 주어진 생활 속에서 만족을 찾으셨던 엄마. 오랜 시간이 흘러도 후회보다는 '행복했다'고 말할 수 있는 자체가 경이로울 만큼 신기하다. 꿈을 이루었다는 확신을 편안히 웃는 엄마의 모습에서 발견했다.

나를 돌아보면 교사가 되면 부러울 것이 없을 거라 식구들이 조언해서 교사가 되었다. 그러나 막상 교사가 되고 보니 잘 적응하지 못했다. 누군가 '툭' 던지는 농담 섞인 말에도 상처를 받아 알게 모르게 많이 울었다. 아니, 솔직히 말의 재판 때문에 견디지 못했다. 적응을 못하다 보니 잠시 미뤄 두었던 작가의 꿈이 내 앞에 푸른 신호등이 되어 반짝거렸다. 학교를 가도 퇴근 시간만 기다려지고 스트레스를 받아 두통약을 입에 달고 살았다. 결국 이럴까 저럴까 망설이다가 15년의 교사생활에 마침표를 찍고 작가의 삶을 선택했다. 물론 직장을 바꾸는 과정에서 힘든 고비를 여러 번 만났지만 내가 좋아하는 일을 하고 보니 머리 아픈 것도 사라지고 수입이 적어도 만족하게 된다. 좋아하는 일을 하니까. 자신감도 생기고 좋은 글이 창작되면 밥을 먹지 않아도 배고프지 않을 만큼 뿌듯하다. 들숨 날숨을 정확히 몰아쉬며 본능적으로 일을 했던 어릴 적 엄마의 모습을 닮아 나 역시 본능적으로 글을 쓰고 있다. 하루 12시간을 컴퓨터에 앉아 글을 쓰고 또 어떤 날은 날밤을 샐 때가 있지만 행복을 느낀다. 엄마가 고단한 살림을 통해서도 만족을 찾아냈듯이 나 역시 행간 속을 넘나들며 웃음을 만들고 있다. 세상 사람들은 글 쓰는 작가를 '창작예술'이란 단어로 의미를 부여하지만 나에게는 먹여주고 재워주고 필요한 것을 사고 가고 싶은 곳으로 데려다 주는, 말 그대로 꿈이고 인생이다. 무슨 일을 하건 마음이 편하고 즐겁게 할 수 있어야 나에게 맞는 일이다. 적성에 맞지 않으면 언젠가는 직장을 떠나게 되어 있다. 늦기 전에 나만의 스토리가 담긴 내가 잘하는 일을 준비하자. 일을 시작하는 건 새로운 것을 개척하기 위한 도전이고 모험이다. 때문에 때로는 벼랑 끝인 줄 모르고 갈 때가 있다. 그러나 그 순간을 만나더라도 벼랑으로 몸을 내밀지 말고 돌아서 나와야 한다. 돌아서 나오다 보면 지금까지 보지 못했던 세상을 만나게 된다. 내가 꿈꾸던 세상이 내 앞에 펼쳐질 수도 있다. 적성에 맞지 않았던 교사생활에서 작가로 거듭난 나처럼. 영어 속담에 'Time and tide wait for no man.'이라는 말이 있다. '시간은 나를 기다려주지 않는다'는 뜻이다. 행복해지고 싶거든 '나, 행복할 수 있을까?'라고 누구에게 묻지 말고 스스로에게 질문해서 답을 찾으면 된다. 정답은 내 안에 있으니까. 정직하게 진실하게 시간의 주인으로 살면 된다.

실패한 사람은 많은 사람들이 지나간 길을 선택한다.

그러나 성공한 사람은 아무도 가지 않은 길,

아니, 새로 길을 만들며 간다.

하는 일마다
뜻대로 되지 않고
어긋날 때에는
1

아침 식사를 하려고 계란 토스트에 커피를 내려놓는데 한 통의 전화를 받았다. 몇 개월 동안 열정을 다해 왔던 것에 대한 결과가 좋지 않게 나왔다는 것이다. 기대가 크면 실망이 크다고 했던가. 토스트를 한 입 베어 먹는데 입맛이 사라져서인지 목으로 넘어가지 않았다. 몸도 힘이 빠진 듯 축 처졌다. 정말 아무리 고민을 하고 걱정을 해도 안 되는 것은 안 되는 이유가 분명이 있고, 그런 일은 아무리 애를 써도 이루어지지 않는다는 사실을 인정해야 하는데 아직도 난 인정하지 않으려 한다. 그것이 나를 더 힘들게 하고 있다. 그래서 오늘은 아무것도 하지 않고 방구석에 우두커니 기대어 조용히 지켜보기로 했다. 모든 것을 내려놓고 욕심 없는 마음으로 가만히 있기로 했다. 몇 시간을 쓰디쓴 커피만 마시고 그렇게 있다 보니 뭔가가 하고 싶다는 생각이 들었다. 서랍을 뒤져 고등학교 시절 그리고 썼던 노트 한 권을 꺼냈다. 내가 그린 만화 그림이었다. 엄마, 아버지, 형제들, 친구들, 고등학교 때 좋아했던 국어선생님, 소녀와 소년 그림, 또 연필로 스케치한 나의 초상화도 있었고 미래 내 모습을 상상하며 그린 자화상도 있었다. 내가 그린 그림을 보면서 시간을 거슬러 그때 그 시절로 돌아갔다. 그때 가족들과의 추억, 심각하게 벤치에 앉아 성적표를 몰래 보던 일, 친구들과 이야기하며 교정을 배회하던 일 등이 영상처럼 지나깄다. 그때 나의 삶의 조각을 들여다보고 있노라면 마음이 편안해 무엇에 휩쓸리던, 쓰러졌던 마음도 중심을 잡아 갔다. 마음의 평정을 되찾고 나니 그 시절로 돌아가 보고픈 마음에 옛날 즐겨 보던 만화책도 만져 보고 퀴퀴한 냄새가 나는 문학책도 오랜만에 펼쳐 읽었다. 조금 전에 받았던 전화 내용이 서서히 내 마음속을 빠져나가는 느낌이고 다시 무언가를 시작해야겠다는 용기가 조금씩 채워지는 것 같다. 갑자기 배고픔을 느껴 아침에 만든 딱딱해진 계란 토스트를 먹었다. 차갑고 딱딱해도 맛은 괜찮다는 느낌이 들었다. 생각해 보면 학창시절에 일이 꼬이거나 화가 날 때에는 만화를 보거나 이미지 컷을 그리거나 책을 읽었다. 아마도 그것이 습관처럼 길들여져 내 눈길이 추억이 저장된 책상서랍으로 갔을 것이다. 골치 아픈 모든 일들을 팽개치고 옛 추억을 파먹고 있으니 시간도 잘 가고, 뒤엉켰던 머릿속 생각들이 단순해지기 시작했으며 두통도 사라졌다. 바쁠수록 돌아가란 말이 있듯 생각이 엉키고 행동까지 실수가 반복이 되면 쉬어야 한다는 것을, 늘 실수하고 실패하고 나서야 깨닫는다. 잠시 다 내려놓고 그리운 것에 빠져 보는 것도 새로운 기회를 마련하는 데 도움이 되었다. 마음이 기억하면 몸이 따라 움직이는 걸까? 반나절을 추억 속에 빠져 있으니 다시 전화 받기 전의 리듬으로 돌아왔다. 또 성격 자체가 복잡한 걸 싫어해서 불가능하다는 것을 깨달으면 망설이지 않고 포기하는 편이다. 물론 빨리 정리하려면 새로운 무엇에 빠져야 한다. 마음속의 전공이라 할 수 있는 이미지 컷을 그리거나 책을 들거나 만화책을 보거나 뉴에이지 음악을 듣는다. 늘 그 방법에 익숙해 있다. 물론 내가 실패한 이유는 내 그릇의 크기보다 내가 바라던 욕망의 크기가 컸다는 것이다. 그 사실을 인정하면 쉽게 잊고 포기가 될 텐데 그 단순한 사실을 인정하기가 쉽지 않았던 거다. 내 그릇의 크기가 작다는 사실이 나를 더 많이 아프게 하고 슬프게 했는지도 모른다.

생각해 보면 생각과 행동이 뒤엉켜 실수를 반복할 때마다 나에게 힘을 준 것은 마음속의 하고 싶은 그 무엇이었다. 시간을 거꾸로 돌려 뒤적이는 학창시절의 노트, 치열하게 공부했던 흔적들, 내 모든 것을 걸 정도로 몰입했던 사랑, 그런 것들이 지금 나를 살게 하고 앞으로 이루고 나가야 할 내 목적어를 하나둘씩 이정표 세우듯 만들었던 것이다. 살면서 내가 마주한 벼랑 끝도 따지고 보면 과욕이 부른 현상이었다. 무엇이 되어 무엇을 갖겠다는 것보다 나의 능력, 내게 꼭 필요한 것만을 가지려 했다면 지옥 같았던 터널에 오래도록 머물지 않았을 것이고 수시로 날아드는 세금 고지서를 보며 불안해하지 않았을지도 모른다. 적당한 욕망은 사는 데 도움이 되지만 무엇이든 지나치면 화를 부른다. 경험은 교훈이고 지혜를 안겨주며 두 번 다시 실수를 하지 않도록 따끔한 회초리를 선물한다. 경험은 늘 적당한 보상과 후회를 안겨준다. 보상도, 후회도 늘 늦게 찾아온다는 사실이 안타깝지만 무엇이든 한쪽으로만 치우치지 않으면 극과 극을 만나지 않고 그 중간쯤에서 편안하게 지낼 수가 있다. 욕망도 좀 줄이고 일어나지 않을 일을 지나치게 걱정하는 것도 도움이 안 된다. 만족을 많이 못 느끼는 이유 중의 하나는 지나친 걱정 때문이다. 전쟁이 나지 않을까? 길을 가다가 누가 나를 차로 들이받지 않을까? 큰 병에 걸리지 않을까? 이 같은 걱정이 스트레스를 부른다. 물론 조심하는 것은 필요하다.

미래를 상상하며 그림을 그렸듯이 그 순간이 지나가길 조용히 기다리며 지켜보자. 물론 기다림의 순간이 하루가 일 년 같고 고통의 순간이기도 하다. 그래도 견뎌내야 한다. 그것도 삶의 과정이라 여기고 마인드컨트롤 하며 좋아하는 것을 하자. 노래든, 춤이든, 음식이든, 쇼핑이든, 하고 싶은 것을 따라 몸을 움직이자. 좋아하는 것에 몰입하다 보면 시간도 빨리 가게 되어 있고 고통도 줄어들며 해결 안 된 일에 대한 실마리도 찾게 된다. 무슨 일이든 좋아하는 순수했던 어린 시절로 돌아가 보자. 누구나 어린 시절이 그리운 것은 그만큼 순수하고 욕심이 없어 걱정도 두려움도 적었기 때문이다. 그러나 어른이 되면서 욕심도 늘어나니까 두려움도 커진 거다. 무엇이 되어 무엇을 갖겠다는 것보다 나의 능력, 내게 꼭 필요한 것만을 가지려 한다면 삶은 지나치게 힘들지도 않다. 적당한 욕망은 사는 데 도움이 되지만 지나쳐 욕심이 되면 벼랑 끝에 가서야 모든 것을 내려놓으며 후회한다. '그때 내가 욕심이 지나쳤다는 것을' 지나치게 후회하지 않으려면 걱정의 숲에 나를 가두지 말자. 걱정이 습관이 되면 우울증이 찾아오고 그것이 지나치면 죽음으로 간다. '걱정'은 영어로 'worry'인데 또 다른 의미는 '사냥개가 짐승을 물고 흔들다'는 뜻이 있다. 걱정이 지나치면 삶을 물고 흔들어 서서히 죽어 가게 한다.

오죽하면 걱정을 느린 의미의 자살이라고 하지 않던가. 언제 죽을지, 언제가 가장 행복한 순간이 될지 누구도 예측할 수 없다. 시간은 흐르고 생각이 정리가 되면 어제, 오늘 일을 비교하면서 느낄 뿐이다. 진정으로 행복을 자주 느끼고 싶다면 억지로 쉼표를 만들면 된다. 생활하기 위해 직장을 다니고 글을 쓰는 것, 즉 전업 작가 생활을 위한 '전공'도 삶의 이유가 되지만 치유나 재충전을 위한 마음속의 '전공'도 삶의 가치가 된다. 화가는 만화가는 아니지만 이미지 컷을 그리며 스스로 웃을 수 있다면, 음악을 듣고 울 수 있다면 그것이 바로 힐링의 순간이고 스탠딩의 기회가 되는 거다. 만화가 요시토우수이, 천재 음악가 쇼팽이 될 수는 없지만 그 순간을 즐기면서 다시 빠르게 움직이는 전쟁터 같은 일상으로 무사히 귀환하게 되는 거다. 모든 것은 마음먹기에 달려 있다. 시간 없다 징징대지 말고 일이 많다 핑계대지 말고 맡겨라. 나를 유혹하는 그 모든 것에.

비바람을 막거나 피할 수 없다면 온몸으로 즐겨라.
가슴이 뻥 뚫리며 후련해질 테니.
살면서 회의감이 밀려든다면 이렇게 외쳐라.
'그럼에도 나는 간다.'
삶의 지혜는 원래부터 단순하고 명쾌하다.

하는 일마다
뜻대로 되지 않고
어긋날 때에는
2

어린 시절에 난 만화를 즐겨 보았다. 그것이 작가로 사는 데 도움이 많이 되고 있다. 학창시절 수업 듣기 싫으면 연습장에 낙서와 이미지 컷을 그렸다. 그림과 글의 주인공은 어릴 적에 읽은 세계명작동화에 나오는 주인공들이었다. 신데렐라, 마녀, 난장이도 있었다. 내가 어릴 적에는 컴퓨터도 놀이기구도 없던 흑백의 시대였다. 나는 수학, 과학을 못해서 큰 꿈을 꾸지 못했다. 그러나 나는 대학에 들어갔고 대학에 다니면서는 꿈을 이루기 위해 4년 동안 치열하게 공부했다. 덕분에 대학을 다니는 동안 장학금도 받고 선생님이 될 수 있었다. 첫 번째 꿈이었던 작가가 될 수 있었던 것은 교직생활을 하면서도 책을 많이 읽고 꿈을 포기하지 않았기 때문이다. 비록 수학, 과학 성적이 바닥이었던 내가 교사를 하고 작가로 살 수 있는 것은 내가 좋아하는 과목, 잘할 수 있는 과목에 몰입을 했기 때문이다.

꿈은 꿈으로 끝나기도 하지만 나처럼 생활이 되기도 한다. 꿈이 생활이 되면 비록 수입이 많지 않아도 좋아하는 일을 하기 때문에 지루하지 않고 즐기면서 일을 하게 된다. 꿈이 생활과 이어지면 만족하게 되고 일을 하는 동안에 행복감을 자주 느낀다. 좋아하고 잘할 수 있는 것이 꿈으로 이어지면 최상의 만족을 끌어낼 수가 있다. 그 재능을 발견하는 것이 중요하다. 누구에게나 한 가지 잘할 수 있는 재능이 있다. 그 재능을 찾아 열심히 하면 된다. 난 지금도 글이 잘 쓰이지 않을 때는 밀린 원고를 내팽개치고 하루든 이틀이든 '짱구만화'를 보고 '쇼팽의 녹턴'을 자주 듣는다. 어릴 적 순수했던 감성과 만나는 시간이다. '바쁠수록 쉬어가라'는 말을 삶에 꼭 적용하는 것이 원칙이다. 생활의 이유로 청탁받은 원고를 바쁘게 쓸 때마다 만화가 '요시토우수이'의 전부를 몰라도 '쇼팽의 녹턴'이 만들어진 배경을 몰라도 지친 몸과 영혼을 위로받으며 삶이라는 전쟁터로 무사히 귀환할 수 있다면 그것이 나를 살게 하는 방향키가 아닐까.

왜 '쇼팽의 녹턴'을 좋아하는지, '짱구는 못 말려'와 '요시토우수이'를 좋아하는지, 해박한 지식으로 토해내지 못하더라도 듣고 그리는 시간이 즐거움이라면 그것으로 충분하다. 지금도 지치고 힘들 때마다 알 수 없는 가치가 있고, 중요하다고 생각되는 일은 그만큼 희생과 위험의 부피도 크다. 몸이 다칠 수도 있고 가진 모든 재산과 직분을 내려놓고 원점에서 다시 시작할 수도 있다. 그런 위험을 감수하지 않으려면 도전하는 목표를 낮추면 된다. 반드시 해낼 자신이 있다면 당당히 위험을 감수하고 도전하자. 여자이기 때문에, 결혼했기 때문에, 나이가 많기 때문에, 포기해야 할 것은 없다. 자신감을 가지고 할 수 있다는 확신을 가지면 해낼 수 있다. 위험을 두려워하면 이룰 수 있는 꿈은 아무것도 없다. 열매라는 말은 씨앗으로 출발하여 땀과 정성의 결과물이다. 따라서 기다림과 희생이 필요하다. 내가 도전해야 가족도 힘이 되어준다. 꿈이라는 씨앗을 내가 뿌리고 싹이 트고 나무로 성장하기까지 온갖 정성으로 돌보아야 한다. 비바람이라는 삶의 장애물을 맞기도 하고 온몸으로 막기도 하면서 치열하게 기다림과 정성, 그리고 희생을 치러야 열매라는 결과물을 얻는다. 그것이 좋든 나쁘든 그 책임도 나의 몫이다. 무조건 열심히 하는 게 아니라 책을 통해서든 가족을 통해서든 경험을 통해서든, 지혜로운 방법을 찾아 삶에 적용하면서 나무를 키워야 한다. 그래야 나만의 튼실한 나무가 되어 내가 원하는 열매를 수확할 수가 있다.

지식은 책을 통해 배울 수가 있지만 경험은 책으로는 배울 수가 없다.
몸으로 직접 부딪쳐야 된다. 경험은 최고의 지혜다.
어떤 경험이든 필요 없는 경험은 없다.
경험은 멋진 내 인생의 길을 안내한다.
정직한 경험들이 쌓여 한 갈래의 길, 나의 길로 안내한다.

아줌마,
우리 괜찮거든요,
슬프지 않거든요

출판사에서 전화가 왔다. 안부 전화라지만 사실은 원고 독촉 전화였다. 넘겨야 할 원고, 풀어야 할 인간관계, 수북이 쌓인 골치 아픈 이메일을 뒤로하고 무작정 길을 걸었다. 나는 가장 복잡하거나 풀리지 않은 일들이 많아질 때에는 시장을 찾거나 병원을 찾거나 양로원, 고아원을 찾았다. 오늘은 지인이 정기후원자로 도움을 주는 보육원에 갔다. 초코파이와 캔디를 사들고 1시간을 버스를 타고 도착하니 아이들 50여 명이 밖에서 놀고 있었다. 기억을 더듬어 보니 오래전 학교 다닐 때 우리 반에도 보육원에 사는 친구가 있었던 것 같다. 친하게 지내지는 않았지만 공부도 열심히 하고 성실했던 것 같다. 보육원 아이들은 그곳에서 만 18세가 되면 무조건 보육원에서 나와 스스로 자립을 해야 한다. 물론 지자체에 따라 적게는 100만 원에서 많게는 500만 원의 생활지원금을 받는다. 그것으로 의식주는 물론, 모든 삶을 혼자서 개척해 나가야만 한다. 이런 저런 생각을 하며 보육원 안으로 들어갔는데 사무실 안에는 흰 셔츠 차림의 참한 여성이 안내를 했다. 나중에 알고 보니 보육원 출신으로 사회복지를 공부해 이곳에서 일한다고 했다. 그 말을 들은 나는 동정인지 연민인지 잠시 스쳐 가는 감정을 지울 수가 없었다. 어떤 대상을 편견으로 보는 것은(고아는 안쓰럽다, 불쌍하다) 분명 잘못된 생각이다. 흰 셔츠를 입은 20대 여자가 환히 웃는 얼굴로 바라보는데 미안함과 부끄러움으로 범벅된 감정을 삼켰다. 한 존재를 구성하는 여러 요소 중 특정한 면만 부각시켜 인격화하는 것(고아는 불쌍하다), 자신은 결코 그렇게 되지 않을 것이라며 이질적 대상으로 바라보는 것은 분명 잘못이고 반성해야 한다.

　　방 안으로 들어갔더니 봉사하는 아주머니들이 몇 분 계셨다. 앞이 잘 보이지 않는 6살 여자아이를 목욕시키고 있었다. 다른 방에서는 손 움직임이 불편한 아이가 발가락으로 키보드를 두드리고 있었다. 처음 봉사를 온 사람들 중에는 그들에게 다가와 '꿈을 잃지 말고 살라, 용기를 내라'고 말하거나 불쌍하다고 끌어안고 우는 사람도 있다. 보육원 아이들은 '불쌍하다'는 편견으로 아이들을 대하면 행동도 어색하다. 또 무심코 던진 한 마디는 꿈을 쑥쑥 키우며 자라는 그들에게 전혀 도움이 안 된다. 크리스마스나 어린이날에 시끌벅적하게 방문해 사진만 찍고 쏜살같이 빠져나가는 정치인이나 다를 바가 없다. 그들이 진정으로 원하는 것은 '진심'이 담긴 방문이다. 함께 아이들과 놀아주고 불편한 곳 긁어주면 된다. 그것도 진심이 담긴 정성으로. 나 역시 사느라 정신없어 자주 오지 못하지만 불쑥 불쑥 함께 어울렸던 아이들이 그리울 때가 있다. "얼마나 컸을까. 다친 손가락은 다 나았는지" 등을 생각하며 몇 번을 벼르다가 마음이 한곳으로 모아지면 찾게 된다. 오늘처럼. 내 몸과 마음이 힘들어도 가끔 이렇게 방문해서 목욕하는 것 도와주고 주변 정리해주고 나면 몸과 마음이 새털처럼 가벼워진다. 아쉬운 마음으로 손 흔들고 돌아 나오는 나에게 아이들은 활짝 웃으며 정직하게 표현한다. "아줌마, 우리 괜찮거든요, 슬프지 않거든요. 아줌마, 또 만나요."

보통 사람의 눈에는 보통 사람들만 보인다. 세상에는 다양한 사람들이 살아간다. 보통 사람들 눈에 안 보이는 나라도 있다. 0.1%의 사람들 세계도 잘 모르듯, 가장 낮은 곳에서 삶을 헤쳐 나가는 0.1%의 세상도 이해하기 힘들다. 다만 있는 그대로를 인정해주고 함께 어울리며 살아가는 것이 최선의 방법이다. 정상과 비정상의 기준은 생각하기 나름이니까. 내가 아무리 정상인의 모습을 하고 있더라도 내가 결핍을 많이 느끼면 난 정상인이 아닌 것처럼. 또 한쪽 팔이 없더라도 장애를 극복하고 정상인의 울타리에서 생활하면 그는 성공한 정상인이다. 정상인이면서도 정상인의 울타리에서 벗어나 나 같이 생활한다면 내가 바로 장애인이다. 물론 성공한 누구도 한 가지 장애는 갖고 살아간다. 몸이든, 마음이든 너무나 불편해 감추고 싶은 것이 있다. 장애를 모나지 않게 잘 껴안으며 살아야 나를 바라보는, 남을 바라보는 편견도 줄어든다. "고아는 불쌍하다, 장애인은 불쌍하다"고 단정하는 그 꾸준한 고집을 버리지 않는다면 내 안에 머무는 장애도 영원히 떨쳐 버리지 못한다. 그리고 나를 바라보는 세상 사람들의 편견도 사라지지 않을 것이다.

보육원을 떠나는 나에게 그들이 던진 "아줌마, 우리 괜찮거든요, 슬프지 않거든요."라는 말이 메아리처럼 퍼진다. 정상과 비정상의 차이는 종이

한 장이라는 것, 그 한 꺼풀의 얇은 종이를 걷어 버리면 누구나 같다. 다르게 보고 듣고 느끼기에 벽이 가로막은 거다. 가면을 벗어던지면 누구나 자유롭다. 함께 어울릴 수가 있다. 최고 높은 곳의 0.1%와도, 가장 낮은 곳의 0.1%와도 함께 어울릴 수가 있다. 가면을 벗어던지면 편안해진다. 세상은 저마다 처지와 형편과 고민에 따라 스스로의 무게를 견디며 말하고 듣고 상상하며 정착해 간다. 무거우면 내려놓을 것이고 좀 가벼우면 올려놓으며 중심을 잡아갈 것이다. 내가 그들을 만나 웃음을 배웠듯, 그들도 내게서 무엇을 배웠을 것이다. 그것이 따뜻함이든 삶의 무게든 슬픔이든 삶의 그림자든, 무언가는 느끼며 깨달았을 것이다. 만남에는 배움이 있으니까. 그러면서 성숙하는 거지. 한 계단 어른으로 성장하는 거지. 나도 그들도. 가면을 벗어던진 오늘, 이불의 감촉도 유난히 따습다. 아! 편안히 잠들 것 같아 행복하다.

천천히, 진실하고 선명하게 보여주는 것에는 믿음이 간다.

가난하든 부자든 아이든 어른이든 맑고 깨끗하다.

내 멸혼까지 환해진다.

추상이 아닌 단단한 형상으로 다가온다.

사랑과 결혼

한 공중파 방송에서 결혼한 지 60년이 지난, 팔순이 넘은 노부부의 입맞춤이 안방극장을 잔잔하게 적셨다. 치매가 걸려 아기가 된 할머니에게 "사랑해."라며 거침없이 애정표현을 하는 할아버지의 사연은 보는 이의 콧등을 시큰하게 만들었다. 할아버지가 노환으로 입원했을 때 할머니가 정성을 다해 간호했다며 할아버지는 할머니가 생명의 은인이라고 하셨다. 그런데 어느 날 할머니가 화장실 앞에서 발을 헛디더 머리를 크게 부딪쳤고 일 년 후쯤 치매가 찾아 왔다고 했다. 할머니는 할아버지가 잠시라도 보이지 않으면 이름을 부르며 찾아다녔다. 다른 사람은 기억을 잘 못해도 할아버지만은 기억한다는 것이다. 밥을 먹고도 배고프다며 밥을 찾는 할머니에게 사과를 먹여주는 할아버지, 사과를 받아먹으며 연신 할아버지 볼에 입맞춤하는 할머니, 비록 주름이 많고 뼈마디만 앙상히 남은 노부부지만 그들의 꾸밈없는 일상은 보는 이로 하여금 뭉클한 감동을 주었다.

사랑이 무엇이고 또 결혼은 어떤 사람과 해야 할까. 사랑은 순수한 마음이다. 사랑하는 이유는 왜 일까. 혼자서는 외롭고 허전한 나의 불완전한 부분을 누군가가 채워주기 때문이다. 서로에게 의지하며 행복을 향해 나아가는 것이다. 때문에 사랑을 시작하기 전에 왜 사랑하는지를 따져 보아야 한다. 진심인지 아니면 객관적인 조건이 좋아서인지 고민해야 한다. 사랑은 혼자 하는 것이 아니다. 둘이 행복하기 위해서다. 그렇다면 상대의 내면을 관찰해볼 필요가 있다. 사랑할 가치가 있는 사람인지, 성실한 사람인지, 의지할 만큼 믿음이 가는지 따져 보아야 한다. 모든 것이 나에게 충족된다고 생각하면 정성과 노력을 기울여야 한다. 사랑이 얼마나 아름답게 되느냐는 두 사람의 몫이다. 진정한 사랑의 기준은 우선 '진실'해야 하고 같은 방향을 나란히 볼 수 있는 '하나'라는 생각이 들어야 한다. 그리고 사랑하는 동안 서로에게 '충실'해야 한다. 서로에게 적응하려고 노력하면 반듯한 사랑으로 커 간다. 사랑의 건축학개론은 기초적인 토목공사와 골조작업, 그리고 애정 인테리어를 어떻게 꾸미느냐에 따라 둘이 원하는 건축물이 완성된다.

사랑 자체가 어쩌면 삶의 표현이고 완성인지도 모른다. 진정한 사랑의 완성은 기다림이고 인내다. 그 어떤 사랑이든 아름다운 사랑은 오랜 노력으로 이루어진다. 지독한 희생과 견딤이 필요하다. 죽을 때까지 한 사람을 사랑하고 운명 같은 결혼을 해야 후회 없이 사랑했다고 말할 수가 있다. 세속적인 조건과 객관적인 환경 때문에 결혼을 해서는 안 된다. 그것은 모래 위에 집을 짓는 것처럼 위험하다. 결혼은 비즈니스가 아니다. 결혼에는 반드시 책임이 따른다. 때문에 결혼에 모든 것을 거는 것은 도박일 수도 있다. 결혼을 쉽게 생각하고 함부로 하지 마라. 결혼은 기쁨을 주기도 하지만 고통을 주기도 한다. 잘하면 묘약이지만 잘못된 결혼은 서로에게 독약일 수가 있다. 결혼이 낙타의 삶을 닮았다는 생각을 가끔 한다. 무거운 짐을 싣고 끝이 보이지 않는 사막을 건너야 하는 낙타처럼 결혼생활도 때로는 하고 싶은 일뿐만 아니라 하기 싫은 일도 희생하며 감당해야 하니까. 결혼은 변하기는 하지만 절대 마르지 않는 약속의 강을 작은 배로 횡단하는 것과 같다. 사람들은 이런 약속 중에 몇 가지나 기억하고 있을까?

결혼을 쉽게 생각하면 어려워진다. 반면 결혼을 어렵다고 생각하며 조심스럽게 행동하면 쉬워진다. '살려고 하면 죽고, 죽으려고 하면 산다'는 말처럼. 결혼도 그러하다. 결혼이 쉬운 것이라 생각하면 결혼생활이 어렵고 원래 어려운 것이라 생각하면 결혼생활이 쉬워진다. "결혼이란 딱 한 가지만 보고 하는 거야." 남편에게 장점 하나만 있으면 그것은 결혼 상대로 충분하다는 뜻이다. 나를 배려하고 감싸줄 수 있는 따뜻한 성격이라는 것, 그거 하나만 단단하다면 나머지는 서로 노력하면 된다. 살아본 사람들은 안다. 헤어진 커플의 1순위는 돈보다도 성격이 안 맞아서다. 성격이 맞지 않으면 일 년은 살 수 있어도 평생을 함께할 수 없다. 경제적으로 아무리 힘들어도 가끔 헤어질까 생각도 하지만 그래도 나를 사랑하는 마음이 진심이라면 "그래, 내 남편이 저거 하나는 잘해" 그 믿음 하나로 스스로를 위로하며 살아간다. 다시 말해서 결혼 상대자는 나와 여러모로 비슷하고 사랑하는 것은 물론, 한마디로 지혜로운 사람을 선택하면 된다. 힘들 때 옆에서 많이 힘이 되

어주고 옆에 있으면 언제나 심리적으로 편안하게 해주는 친구 같은 동반자
이면 된다.

주위를 둘러보면 결혼생활의 모습은 다 비슷하다. 먹는 것, 입는 것,
갖고 싶은 것들, 병원 가는 횟수도 아이를 낳아 키우는 과정까지 모두 비슷
하다. 한 결혼업체 통계자료에 의하면 비슷한 환경에서 자라고 성격과 삶
의 가치관이 비슷한 사람이 만나 결혼에 골인할수록 한평생 의지하며 믿고
사랑할 확률이 높다고 한다. LTE(Long Term Evolution)만큼 빠른 결혼으로 성
격도 제대로 파악하지 못한 채 다 갖춘 사람을 만나 하루아침에 신데렐라가
되어 결혼에 골인한 사람일수록 결혼생활이 평탄하지 않다. 어떤 사람은 그
렇게 생각할지 모른다. 돈도 많고 직업도 좋고 지식도 풍부한 사람이 성격
과 문화가 나와 조금 다르다면 결혼하고 노력하며 맞추어 살면 된다고 쉽게
결혼을 해버리는 여자들이 있다. 내가 나의 버릇이나 습관을 고치기도 힘든
데 20~30년 고정된 배우자의 성격을 바꿀 수 있을까? 아마도 1~2년은 노력
하겠지만 허니문타임이 지나가면 자신의 성격으로 되돌아간다. 이 세상에
태어나면서부터 나쁜 사람은 없어도 나쁜 유전자를 갖고 태어나는 사람은
있다.

폭행과 술, 도박의 삶을 살다가 감방에서 삶을 마감한 사람의 아들이
있다고 하자. 제대로 된 가정에서 교육을 받지 않고 자란다면 나쁜 유전자는

어른이 되어 나타난다. 통제 불가능할 만큼 까다롭고 특이한 성격으로 변할 가능성이 많다. 그런 사람을 만났다고 상상해 보자. 사랑한다는 이유로 결혼해서 바꿀 수 있을까? 아마도 끔찍한 삶이 될 거다. 간단히 음식문화를 예로 들어보자. 데이트 할 때에는 서로의 의견을 조율해서 음식을 먹으러 간다. 그러나 결혼하고 몇 년이 지나면 자신이 먹던 것, 입던 것, 자던 버릇으로 되돌아간다. 다시 말해 결혼 전의 습관이 성격으로 고정된 것들을 몸과 마음이 기억해 내는 것이다. 그래서 성격은 쉽게 고쳐지지 않는다는 말을 하는 거다. 식습관, 행동, 가치관, 그리고 일상의 버릇은 스스로가 수험생이 되어 노력하지 않으면 누구에 의해서 바뀌지 않는다. 변화는 변하고 싶다는 욕망이 간절하고 스스로 바꿀 의지가 확고하고 행동 또한 준비가 되어 있을 때 가능하다. 결론을 말하면 누구에 의해서 성격이 바뀌지 않는다는 말이다. 결혼은 호텔을 가고 쇼핑을 하고 고급 레스토랑에만 같이 갈 사람을 구하는 것이 아니다. 때로는 왕파리가 방 안을 맴도는 시골에서 한데 잠을 자기도 하고 재래식 화장실에서 볼일도 보아야 하기에 최고와 최악을 함께할 사람을 구하는 거다. 좋은 곳을 여행하고 고급 레스토랑에서 식사하고 푹신한 침대에서 잠을 자는 것이 목적이라면 굳이 결혼할 필요도 없다. 결혼은 삶의 인풋과 아웃풋을 함께할 사람을 만나는 거다. 기쁨과 함께하는 것이 아니라 지지고 볶는 생활을 함께하는 거다. 집안과 학벌을 따져 남 보기에 번드르르한 결혼을 하기보다 뜻이 맞고, 그러니까 가치관을 갖고 삶의 기쁨과 고통을 유쾌하게 함세할 평생 친구를 구한다고 생각하면 정확하다.

누구나 처음에는 모두 '죽을 때까지 사랑하겠노라'고 혼인서약을 한다. 하지만 얼마 가지 않아 '내 인생 최악의 선택이었어' 서로에게 냉소적인 미소를 띠며 차갑게 헤어진다. 이혼의 사유도 복합적이다. 성격 차나 경제 갈등, 결혼 전 조건 속임, 배우자의 불성실한 생활 때문에 이혼을 선택한다. 미래 비전은 있지만 현재 돈이 없는 것은 함께 노력해서 채워 가면 된다. 그러나 성격이 맞지 않고 수시로 폭력을 일삼는 사람과 일생을 함께한다는 것은 치명적인 도박이다. 성격은 고칠 수가 없다. 다시 말해서 조건이 좋다는 이유로 나쁜 성격의 남자와 결혼하지 마라. 성격을 고칠 수 있다는 희망을 버려라. 나의 성격도 고치기 힘든데 남의 성격을 어떻게 고칠 수가 있겠는가. 생각해 보자. 나는 녹차를 좋아하는데 남친은 자메이카산 원두커피를 직접 볶아 핸드드립으로 커피를 만들어 마신다면 억지로 커피에 대해 공부를 해야 하고 원두 내리는 방법까지 배워서 그를 위해 매일 커피를 내려야 한다. 결혼생활을 유지하려면 치사해도 꾹 참고 해야 한다. 성격이 맞지 않으면 일상에서 부딪치는 일들이 한두 가지가 아니다. 자라온 환경에서 습관이 된 문화를 버리고 다시 상대방의 문화에 맞춰 살아야 결혼생활을 유지할 수가 있다. 그런 삶은 고달프고 오래 가지 않는다. 결국 두 손 두 발을 들고 스스로 떠나게 된다.

돈이 아무리 많은 백마 탄 왕자를 만나 사랑을 하게 되어 결혼을 한다고 해도 나에게 버거운 존재라면 그 왕자는 내 짝이 아니다. 놓아주어야 한다. 타인의 성격을 변화시키면서까지 결혼하려 드는 것은 시간 낭비일 뿐이다. 차라리 조금 부족해도 나의 환경, 문화, 성격, 취미, 직업에 있어 나와 코드가 맞는 사람을 만나는 것이 편안하고 함께 성장할 수가 있다. 비록 대단한 부자로 성공한 삶은 살지 못할지라도 평범한 일상에서 행복을 느끼며 물 흐르듯이 편안히 흘러가는 삶을 살 수가 있다. 결혼의 가치는 누구나 비슷하다. 좋은 사람 만나 행복하게 살기를 원한다. 그러나 결혼은 시작이라는 첫 단추를 잘못 끼우면 한순간 불행으로 치닫게 된다. 비슷한 사람을 만나 서로 주도권을 내려놓고 후회 없이 배려하고 아낌없이 희생할 때 서로에게 빛과 소금이 되는 사랑을 할 수가 있다. 내 것을 아낌없이 내려놓을 때 편안해지고 만족을 느끼는 사랑을 오래도록 유지하게 된다. 진정한 사랑은 눈으로 보는 것이 아니라 마음으로 느끼는 것이다. 기쁠 때나 슬플 때나 건강할 때나 아플 때나, 10년 후나 20년 후에도 결혼서약 할 때처럼 변함없이 함께 노력해서 사랑을 지켜 내어야 가치 있는 결혼이 된다.

바꿀 수 없다고 하는 것을 외면하지 않는 것,
견딜 수 없을 거라 하던 것을 견디는 것,
조금씩 변화하며 서로에게 맞춰 가야 하는 것,
결혼생활이 가르쳐 준 지혜이다.

결혼생활이 힘들거든 어항 속 금붕어를 생각하자.
금붕어에게 어항은 세상의 전부다.
평생을 그 안에서 헤엄치며 산다.

그곳을 사랑하기에 아침에는 어항을 배경으로 춤을 추고,
어둠이 깊어 가면 어항에 기대어 깊은 잠을 잔다.
결혼생활이 힘들거든 어항 속 금붕어를 생각하자.
영원히 믿고 사랑하겠노라는 결혼서약을 기억하며
서로가 전부라는 확신을 갖자.

고마운 당신을 만났습니다

초판 1쇄 인쇄 | 2017년 03월 10일
초판 1쇄 발행 | 2017년 03월 17일

지은이 | 김정한
펴낸이 | 김의수
펴낸곳 | 레몬북스(제396-2011-000158호)
전　화 | 070-8886-8767
팩　스 | (031) 955-1580
이메일 | kus7777@hanmail.net
주　소 | (10881) 경기도 파주시 문발로115 세종출판타운 404호

ⓒ레몬북스
ISBN 979-11-85257-48-8 (03810)

※ "한국출판문화산업진흥원의 출판콘텐츠 창작자금을 지원받아 제작되었습니다."

이 도서의 국립중앙도서관 출판예정도서목록(CIP)은 서지정보유통지원시스템 홈페이지(http://seoji.nl.go.kr)와
국가자료공동목록시스템(http://www.nl.go.kr/kolisnet)에서 이용하실 수 있습니다. (CIP제어번호: CIP2017004689)